Fan
ファン文庫

万国菓子舗　お気に召すまま

婚約のお菓子と最後のガーデンパーティー

著　溝口智子

JN108987

マイナビ出版

Contents

登場人物

Characters

村《むら》崎《さき》荘《そう》介《すけ》

『万国菓子舗《ばんこくかしほ》　お気に召すまま』店主（サボり癖あり）。
洋菓子から和菓子、果ては宇宙食まで、
世界中のお菓子を作りだす腕の持ち主。
ドイツ人の曾《そう》祖父譲りの顔だちにも、ファン多し。

斉《さい》藤《とう》久《く》美《み》

『お気に召すまま』の接客・経理・事務担当兼〝試食係〟。
子どもの頃から『お気に召すまま』のお菓子に憧れ、
高校卒業後、バイトとなった。明るく元気なムードメーカー。

安《あん》西《ざい》由《ゆ》岐《き》絵《え》

八百屋『由辰《よしたつ》』の女将《おかみ》であり、荘介の幼馴染み。
女手一つで切り盛りし、目利きと値切りの腕は超一級。

班《まだら》目《め》太《た》一《いち》郎《ろう》

フード系ライター。荘介の高校の同級生。『お気に召すまま』の
裏口から出入りし、久美によく怒られている。

藤《ふじ》峰《みね》透《とおる》

久美の高校時代の同級生。大学院で仏教学を専攻。恋人であ
る星《ほし》野《の》陽《よう》の実家に居候しており、いつも久美にのろけている。

International Confectionery Shop

Satoko Mizokuchi

万国菓子舗お気に召すまま

婚約のお菓子と最後のガーデンパーティー

溝口智子

大叔母のペストリー

大きなバックパックを背負った長身の男性が、機嫌よさげに西鉄大橋《にしてつおおはし》駅の改札口から出てきた。金の髪と緑の目、白い肌は日焼けしたようで赤みを帯びている。三十代後半くらいに見える男性はエネルギーに満ちて健康そうだ。大荷物が入ったバックパックは彼の頭の上に、にょきっと生えているように見えるほど。

そのバックパックから小型のタブレットを取りだして地図を確認した。満足したようでタブレットをしまい、元気に歩きだす。

調べていたのは『万国菓子舗《ばんこくかしほ》　お気に召すまま』という名前の菓子店。駅から商店街を抜けて住宅街に入る道の角に建っている。

男性は店の前で足を止めた。大正時代からある、こぢんまりとした建物だ。木造の平屋で、真鍮《しんちゅう》のドアノブやきれいに磨かれた大きなガラス窓などが時代を経ていい表情になっている。きょろきょろと店の外観を確認してから、彼はドアを開けた。

「こんにちは」

カランカランというドアベルの音に、お菓子がずらりと並んだショーケースの裏で手作業をしていた小柄な女性店員が顔を上げる。

「いらっしゃいませ」

この店のマネージャー・斉藤久美《さいとうくみ》がにこやかに出迎えると、男性は真っ直ぐショーケースに向かってきた。

「私はヨハン・フィッシャーと言います。村崎航介《むらさきこうすけ》さんのお孫さんはいますか」

イントネーションに少しクセがあるが、明るい声のなめらかな日本語で尋ねられて、日本語以外の言語に自信のない久美はほっと胸を撫でおろした。

「はい、お待ちください」

ヨハンをイートインスペースに案内してから厨房《ちゅうぼう》を覗《のぞ》くと、サボり癖のある店長の村崎荘介《そうすけ》が、珍しく真面目に仕事をしていた。パイ生地を薄く伸ばしているところだ。いつも昼間は店を抜けだして放浪している店長がいて、今日の客は運がいいと久美は喜んだ。

「店長、ヨハン・フィッシャーさんとおっしゃるお客様がいらしてます」

荘介はちらりと目だけを上げて答える。

「少し時間がかかります。お待ちいただけるか聞いてください」

「わかりました」

店舗に戻ると、ヨハンは椅子に深く座っていた。どっしりとした木製の楕円形のテーブルも、六脚ある椅子も、創業当時から使い続けている素朴で頑丈なものだ。座り心地もとてもいい。その椅子でくつろいで、通りに面した広い窓の上部にある無花果《いちじく》模様のステンドグラスをまぶしそうに眺めている。

「ただいま手が離せない作業中で、少し時間がかかります。お待ちいただけますか?」

「はい。待ちます」

ヨハンは人あたりのいい笑みを浮かべた。そのままゆったりと店内を観察する。入口のドアの脇にある棚には焼き菓子が洋の東西を問わず並んでいる。ショーケースの中も世界中で愛されている、色も国もさまざまな生菓子で華やかだ。

久美がサービスで淹れたコーヒーカップを差しだすと、笑顔のままコーヒーをずっと飲んでからヨハンが尋ねた。

「お孫さんの名前はなんですか」

「村崎荘介と言います。このお店の店長です」

ヨハンは、承知しているという風に頭を揺らす。

「航介さんのお孫さんが跡継ぎになったと聞いていました。嬉しいですね。残念なのは航介さんの葬式に来られなかったことです」

「村崎航介をご存じなんですか？」

「はい。会ったことはなく、手紙を読んだだけですが」

ヨハンはドアの方を指差す。

「店の名前、手紙には『お気に召すまま』と書いてありました。でも地図も看板も漢字がたくさんついていました。名前が変わりましたか？」

「はい。今は『万国菓子舗　お気に召すまま』と言います」

首をかしげたヨハンは店名を呟《つぶや》いた。

「ばんこくかしほとは、どんな意味ですか」

久美は胸を張って答える。

「ご注文いただけたら、どんな国のどんなお菓子でも作るお店なんです。必ず、お客様にご満足いただけるものを」

「それはいいですね」

視線がふと動き厨房の方に向いたと思うと、ヨハンは元気よく立ち上がった。

「私はヨハン・フィッシャーです、村崎荘介さん」

荘介は一瞬立ち止まり、じっとヨハンを見つめてから近づいてきた。

「いらっしゃいませ。フィッシャーさんは、もしかして」

「ヨハンと呼んでください。私たちは親戚ですから、友人です」

さっと差しだされたヨハンの大きな手を、荘介がぎゅっと握る。

「祖父からヨハンさんの写真を見せてもらったことがあります。十歳くらいだったと思いますが、そのときと変わりませんね」

「よく言われます。私も写真であなたを見ました。同じ年ぐらいだと思います。あなたはずいぶん成長しました。違う人みたいです」

「はい。幼い頃はひ弱でしたが、なんとか大人になれました」

久美は二人の会話を聞きながらヨハンと荘介を見比べた。どちらも背が高くスタイルがいい。ギリシャ彫刻のような端正な顔立ちで、瞳の色は違うが目の辺りがそっくりなように思える。きょろきょろしている久美に気づいたヨハンが自分の高い鼻を指差してみせた。

「私の祖母は、荘介さんの祖父の、妹です」

そう言われて久美は荘介の祖父、『お気に召すまま』の先代の緑の目と白いひげを思いだした。ドイツからやって来て日本を愛し、名を航介と日本名に変えたおじいさん。

久美が知っている先代は、すでにサンタクロースのような風貌だったが、若い頃はきっとヨハンと似ていたのだろう。

荘介が久美の背を押して紹介する。

「彼女は斉藤久美さん。僕の婚約者です」

言葉がわからなかったヨハンが尋ねる。

「婚約者は英語で、なんといいますか？」

「フィアンセです」

ヨハンの笑顔がさらに明るいものになる。

「それはすばらしい！　あなたも親戚になりますね」

縁ができることを心から喜んでもらえて、久美は心が沸き立つのを感じた。

「よろしくお願いします、ヨハンさん！」

ヨハンは久美ともぎゅっと握手した。

「そうだ、おじいさんとおばあさんが兄妹《きょうだい》だった人同士はなんて呼ぶんでしたっけ」

わくわくした気持ちと一緒に知識欲も湧き出た久美が言うと、ヨハンが首をかしげた。

「早口でよくわかりません。おじいさんと、おばあさんがなんですか？」

久美はゆっくりとした口調で言い直す。

「荘介さんのおじいさんと、ヨハンさんのおばあさんは兄妹。その子どもたちはいとこって呼びますけど、いとこの子ども同士ってなんて言うんでしょう」

ヨハンは久美と見つめ合い、その視線を荘介に向けた。

「またいとこ、あるいは、はとこと言いますね」

「いとこの子どもは、またいとこ。覚えやすいです」

気に入ったらしいヨハンは「またいとこ、またいとこ」と繰り返す。荘介はヨハンと久美に椅子を勧めて、新しいコーヒーをポットに淹れた。

「ここはコンディトライですか？」

ヨハンが丁寧に日本人でも聞き取りやすい発音で質問した。コンディトライはカフェと菓子店を合わせたようなドイツ流の店だ。久美もはっきりと聞き取りやすいように、発音に気をつけながら返事をする。

「お菓子は店内で食べてもらえますが、それ以外の食べ物はないんです。飲み物はサービスで出しているので、コンディトライともカフェとも言えないですし、どうなんでしょう」

「飲み物がもらえるお菓子の店は、コンディトライ以上に価値がありますね」

にこにことヨハンが言い、久美は店を褒められて大はしゃぎしたい気持ちをぐっと抑えるために両手を強く握りしめた。

「久美さん、緊張しているんですか？」

自分と久美のためのコーヒーカップ、コーヒーがたっぷり入ったポット一つを運んできた荘介に聞かれて、久美は握っていたこぶしをパッと開いてみせた。力を入れていないと勝手に顔がにやけてしまう。

「いひひ、大丈夫です」

「そうですか」

ヨハンは、久美の真似をして両手を開く。

「久美さんは楽しい人ですね」

「そうですか？」

「はい。みんなが好きになるでしょう」

はっきりした褒め言葉に照れた久美は顔を真っ赤にする。ヨハンは荘介に顔を向けた。

「そうですね？」

「そうなんですよ」

またいとこたちの意見が合ったところで恥ずかしさがピークに達した久美が、席を立つ。

「あの、今日はケーゼクーヘンの試食品があるんです。召し上がってください」

ぴゅうっとショーケースの陰に隠れた久美の後ろ姿を見て、ヨハンは「働くのが好きですか。いい人です」と低い声で神妙に言う。それを聞いた荘介はヨハンの横顔をじっと見つめたが、わけありげな様子についてなにも聞かなかった。

　久美が運んできた、一口分にカットしたケーゼクーヘンという名のドイツのチーズケーキをぺろりと食べて、ヨハンは目を丸くした。

「美味しいです。祖母の味より好きです」

　ヨハンのカップにコーヒーのお代わりを注ぎながら荘介が尋ねる。

「ヨハンさんのおばあさんは、よくお菓子を作る人なんですか？」

「はい。祖母はコンディトライで仕事をしていました。祖母の親も同じです。私の両親も同じです」

　感心した久美が「ほー」と小さく息をはく。

「代々続いているお店なんですね。祖母の親って、荘介さんのおじいさんの親でもあるんですよね。お二人の曾《そう》祖父と曾祖母」

「そうですね」

　久美は荘介の顔を見て、人差し指でこめかみを突っつきながら困った様子を見せた。

「親族関係がこんがらがって、混乱してきました。先代、航介さんの両親がコンディトライをしていた？」

ヨハンが首を横に振る。

「コンディトライは曾《そう》祖母の実家です。祖母はエマと言います。曾祖母の姉、エマの伯母ですね。伯母がコンディトライを継ぎました。エマは伯母の養子になりました。航介さんと一緒に日本まで船で旅するには幼すぎたからです」

「そうなんですね」

ヨハンはバックパックの底の方から一通の封筒を取りだした。

「祖母の最後の手紙です。航介さんとエマは文通をしていました。エマは日本の兄の葬式へ、病気のために行けませんでした。その代わり、手紙を書きました」

封筒から取りだされた便箋には丁寧な文字のドイツ語が記されていた。ヨハンはもう一枚、日本語が書かれた便箋も差しだした。

「私が翻訳しました。読んでください」

荘介が便箋を受け取り、目を落とす。久美は横からそっと覗いた。

『養父母にとても愛されたおかげで、実の両親、兄とは手紙だけでの交流だったが、寂しくはなかった。送ってくれる手紙の中でいつも優しく親切だった兄に会えなかったことが、なによりの心残りだ。いつか自分の子どもたちが、兄の子どもたちにこの手紙を届けることを願っている』

手紙を読み終わり、顔を上げた荘介と久美に、ヨハンは強い決意に満ちた真っ直ぐな視線を向けた。

「私は子どもの頃から日本に行くと決めていました。航介さんの手紙で日本を好きになったからです。そして、この手紙をエマから託されたのは私でした」

ヨハンは店の中をぐるりと見回す。

「ここに来るまでは、航介さんがエマが作るお菓子と違うものを作っているのではないかと考えていました。それは悲しいです。しかし荘介さんが作るお菓子はエマの味と似ています。嬉しいです」

「祖父は母親の実家のコンディトライ、『Zuhause《ズーハウゼ》』の味を引き継いだと言っていました。だから、エマさんが働いたコンディトライの味がここに伝えられたんでしょう」

ヨハンの表情がパッと明るくなった。

「『Zuhause』を知っていますか。それも嬉しいです」

二人が口にした店名を久美は知らない。エマの名前も今日初めて聞いた。ただ、先代の生まれについては、いつか聞いた覚えがある。

荘介の曾祖父は戦争俘虜《ふりょ》として日本に渡り、そのまま日本に居住することに決めたという話だ。ドイツにいる妻子を日本に呼びよせ、永住した。そして日本を愛して帰化し、日本名を名乗った。

ヨハンは視線をさまよわせてなにかを考えていたが、俯《うつむ》き加減に話し続ける。

「私の両親は私に『Zuhause』で働いてほしいと言います。両親はエマの味を引き継ぎました。エマも先祖の味を引き継ぎました。私には兄がいますが、兄は医者になりました。両親は、後継ぎは私しかいないと言います」

ヨハンは「でも」と言って言葉に詰まり、荘介の方を見た。

「Tradition《トラディション》は、日本語で伝統と言いますね」

荘介が頷いてみせると、ヨハンはきっぱりと言いきる。

「伝統、荘介さんが引き継いでいます。良かったです」

久美はショーケースを眺めた。たしかにショーケースの中にドイツ菓子はある。焼き菓子の棚にも、季節限定のお菓子にも、ドイツの、先代の、先代の母親の味が引き継がれている。だが、この店のショーケースには今や和菓子にフランス菓子、アジアのお菓子、この店のオリジナルのお菓子までもが並ぶ。ヨハンはそれで満足できるのだろうか。ドイツ菓子専門店でなくてもいいのだろうか。

荘介も同じことを考えたのだろう。席を立つと、ショーケースに並べていた和菓子の中から練り切りを皿にのせて運んできた。

「この店の伝統には、世界のいろいろな国のお菓子も加わりました。ドイツのお菓子だけではないのです。ヨハンさん、これは日本のお菓子で練り切りと言います。食べてみてください」

白餡《しろあん》と求肥《ぎゅうひ》を使って季節を表現することの多い練り切りだが、今日の品は季節を表したものではない。緋《ひ》色《いろ》と白のグラデーションで鳳《おおとり》をかたどった、おめでたいものだ。和の意匠に多く見られる美しさに、ヨハンは感嘆の声をあげた。

「きれいです。美術品のようです」

練り切りに合わせて出された緑茶を見て、ヨハンは「おお」と感嘆の声をあげる。

「日本のお茶です。きれいな色ですね」

食べやすいようにと菓子楊枝ではなく小ぶりのフォークを差しだすと、ヨハンは切り分けずに練り切りを一口で頬張った。

「Groß《グロース》」

ヨハンは思わずといった様子で、ドイツ語ですばらしいと呟く。練り切りを飲み込んでから立ち上がり、荘介の両手を握った。

「日本のお菓子、すばらしいです！　ドイツのお菓子もすばらしかった。このお店は美味しいものばかりですね」

椅子に腰かけ直し、緑茶に口をつける。ほうっと深い息をはいて、ヨハンは目を瞑《つぶ》った。

「爽やかな香りです。日本のお菓子と日本のお茶、友人のように仲良しです」

そっと目を開けたヨハンの視線はテーブルに落ちた。

「私は美味しいものをあまり上手に作れません。昔からお菓子もパンもエマのようにはできません。なぜなら私は子どものときに旅人になると決めたからです」

元気がなくなったヨハンに久美が優しく尋ねる。

「旅人って、どういう人ですか？」

「世界中を歩くのです。そして多くの人と話して友人になり、多くのものを見て知りたいのです。だから言葉を学びました」

「ヨハンさんが日本語がお上手なのは、昔から勉強を続けていたからなんですね」

久美が感心して言うと、ヨハンは嬉しそうに頷《うなず》く。

「子どもの頃、日本に行くと決めました。日本の文化や歴史を調べました。そうすると、世界のいろいろな国にも行きたくなり、いろいろな言葉を勉強しました。私の趣味は語学です」

語学に造詣が深いというヨハンを尊敬した久美は目をきらめかせる。

「私もできるだけドイツの言葉を知りたいです。ズーハウゼって、どういう意味ですか？」

「『Zuhause』は家という言葉です。昔は『Mein《マイン》 Zuhause』、日本語で『私の家』が店名でしたが、お店の看板から『Mein』が落ちました。それから『Zuhause』と呼んでいます。昔は〝私の家〟でしたが、今は〝みんなの家〟です」

「お客さんがくつろげそうなお店ですね」

「お客さんはみんな家族で友人です。友人はもっとも親しい人です」

ヨハンは遠く故郷を見るような、懐かしい思いを秘めた目をした。

「家族がみんな一緒にいるのは幸せです。もし、エマの味がこのお店になければ、私は『Zuhause』でお菓子を作ったでしょう。しかし、荘介さんはエマの味を作ってくれています。このお店がこれから『Zuhause』になってくれますか。エマの味を伝えてくれますか」

ヨハンは相当な覚悟を持って日本にやって来たのだと、その視線が強く訴えてくる。自分の人生をかけて『お気に召すまま』の味を確かめにきたのだ。幼い頃からの夢を叶えることができるかどうかはこの店にかかっていた。その夢を、荘介なら実現させてやることができる。

しかしそれは、ドイツの『Zuhause』の客やヨハンの両親を悲しませることにもなる。日本でもドイツでも、どちらの国にも変わらぬ味を残せるのが一番幸せなことかもしれない。

だが、荘介は一瞬も迷うことなく頷いた。

「約束します。ヨハンさんのおばあさんと僕の祖父、二人の兄妹が継いだ味を、僕は必ず作り続けます」

ほうっと息をついたヨハンは肩に入っていた力が抜けたようで、表情がやわらかくなった。

「ありがとう。それはエマも喜ぶでしょう。もう一つ、お願いをしてもいいですか」

「なんでしょう」

快い荘介の返事にヨハンの口はなめらかになり、明るい声が聞けた。

「このお店で、エマの味を作ってください。エマはDänisches《ディニッシュ》 Gebäck《ゲバック》をよく作りました。エマが作りはじめたものなので、航介さんは知らなかったでしょう」

店でそんな名前は聞いたことがない久美が、また怪しい発音で尋ねた。

「デイニッシェウゲバックって、日本語に翻訳できる言葉ですか？」

これには荘介が答える。

「デニッシュペストリーのことでしょう。ヨハンさん、パイに似た生地のパンですよね？」

「そうです。エマはオレンジを煮て使うのが上手でした。エマの調理法を伝えたいのです。作ってくれますか」

荘介は胸を張って答えた。

「もちろんです。この店は、ご注文をいただいたらどんなお菓子でも作ります」

荘介とその隣で同じように胸を張る久美を、ヨハンは頼もしそうに見つめた。


ドイツ語の料理用語を日本語に翻訳する労を省くため、ヨハンを厨房に招いて、口伝《くちづて》でエマのレシピを再現することになった。

荘介について厨房に入ったヨハンは、辺りをきょろきょろと見回した。大正時代に先代が使っていたままに、今も残る水色のタイル張りの壁。大理石の天板を持つ調理台。それとは対照的に新品のオーブンや、まだ導入してから十数年の和菓子用の炭焼きコンロなど、時代もさまざま、色合いもとりどりな厨房は、見学するだけでも楽しいおもちゃ箱のようだ。

「ドイツとはかなり違います。『Zuhause』は木が多いです」

「調理台や壁などのことですか」

「はい。家は石の壁ですが、木で覆います。寒いからです」

体を抱いてぶるぶる震えてみせるヨハンは、現地の寒さを思いだしているのだろう。

荘介は感心した。

「なるほど、生活の知恵ですね。この店は逆に夏の暑さから食材を守るためにタイル張りなんです」

「タイル張り？」

ヨハンのために実際にタイルを触ってみせる。

「木の壁を、このタイルで覆います」

「なるほど」

一通りの厨房の位置関係を荘介が説明した。その後、ヨハンの指示どおり、材料を調理台にのせていく。

パイ作りに使うものと同じ配合で強力粉と薄力粉を混ぜたもの。

ドライイースト、砂糖、塩、バター、牛乳。

オレンジマーマレードのために新鮮なオレンジと砂糖を準備する。

「作り方は簡単です。パイのように難しくありません」

荘介は、工程はかなり似ているはずだがと心の中で首をかしげながら、ヨハンに見守られてデニッシュペストリー作りを始めた。


砂糖、ドライイーストをボウルに入れて、温めた牛乳を注ぐ。

小麦粉、塩を加えてしっかり混ぜあわせたら、捏《こ》ねてひとまとめにする。

できた生地を平たくなるよう正方形に軽く伸ばし、乾燥させないようラップをかぶせて冷蔵庫で冷やす。

バターを正方形に伸ばし、均一な厚さにする。これも冷蔵庫で冷やす。

正方形の生地を調理台に置き、その上に菱形になるようにバターをのせる。

バターがきっちり隠れるように生地の四隅を合わせて包む。

合わせ目を下にして、麺棒で長方形に伸ばす。

生地を三つ折りにして、九十度回転させ、また長方形に伸ばす。生地が温かくなってしまわないように、伸ばしてはたたむ作業を手早く進める。

この作業を三度繰り返し、生地を冷蔵庫で冷やす。

冷やしている間にオレンジマーマレードを作る。エマの手作業を見ているかのように少年のような目で荘介の手許を見つめている、ヨハンの指示は的確だ。

「オレンジを塩水で洗ってください。農薬を洗い流します」

丁寧に一つずつオレンジを洗い、水気を切る。

皮を剝《む》き、実を包んでいる薄皮と種を丁寧に取り除く。

取り除いた薄皮と種は、薄い布巾で包んで縛っておく。

オレンジの皮は千切りに、実は小房を三つ割りにしておく。

荘介はいつもならオレンジの皮と実の重量を計り、使用する砂糖の量を決めるのだが、ヨハンはエマがしていたように、目分量で砂糖を入れるように指示した。

「もう少しです。あとスプーン一杯。はい、そうです」

荘介の感覚だと砂糖を入れすぎているようにも思えたが、マーマレードには人それぞれの作り方がある。どんな味になるか楽しみで微笑みながら作業を進めた。

鍋に入れて、オレンジから水分が出て砂糖が溶けるまで置いておく。

その間に冷蔵庫で休ませておいた生地を伸ばす作業に戻る。

長方形に伸ばした生地を三つ折りにして、九十度回して、また長方形に伸ばす。それを何度か繰り返す。


「はい、終わりです」

「もういいんですか？」

ヨハンが生地の折り込みの完成を告げたのは、荘介がパイを作るときの半分ほどの回数のときだ。

「エマはやわらかにしました。もっと折ると硬くなります」

「なるほど。サクサクというよりふんわりと仕上げるんですね」

「サクサク？」

「パイのような」

そう言いながら、もぐもぐと食べる真似《まね》をしてみせると、ヨハンは納得したようで頷いた。

「サクサクではないです」

「わかりました」

生地は冷蔵庫で寝かせておき、マーマレードの加熱に入る。

しっかり水気を吸って砂糖が溶けたことを確認してから、とろみを出すために種と薄皮を包んだ布袋を浸して、鍋を火にかける。焦がさないように弱火でゆっくりと煮詰めていく。

途中で数度、砂糖を足す。これも荘介が驚くほど大量の砂糖を使う。最近のマーマレードは甘さを控える傾向にあるが、エマのマーマレードは保存食に向く昔ながらの分量だ。冷蔵庫が普及するまでは先代もこんなレシピだったのかもしれないと、荘介は祖父の若かりし頃に思いを馳せた。マーマレードが煮立つ、ふつふつという音が愉快な協奏曲にも聞こえるようだった。

「お疲れさまでーす」

店舗で店番をしていた久美が厨房に顔を出した。

「わあ、マーマレードのいい香りがしますね」

ヨハンが嬉しそうに鍋を指差す。

「荘介さんはエマのように作ってくれます。まるでエマがここにいるようです」

煮詰まった状態を見ていた荘介がヨハンに尋ねる。

「だいたい良い感じです。もう少し固くしますか？」

鍋を覗いてヨハンは「これです」と答えた。完成だという意味のようだ。ヨハンの指示で火を止めて、濡れた布巾の上に鍋をのせ、余熱で焦げないように冷ます。久美が不思議そうに鍋を見つめる。

「いつもはマーマレードができたらすぐに瓶に移すのに、今日は鍋のままなんですね」

「デニッシュにのせるだけの少量しか作っていませんから。使いきりというのも気持ちがいいものですね」

荘介の言葉をヨハンが繰り返す。

「デニッシュは気持ちがいいものですか」

少し違う意味に受け取ったヨハンに、久美は「美味しいものは気持ちがいいです」と真理を語ってみせた。


昼休みのために久美が店を出ていった。デニッシュペストリーの生地が冷蔵庫の中で発酵するのを待つ間、荘介とヨハンもイートインスペースに移動して休憩を取ることにした。

「ヨハンさんは日本語以外にどんな国の言葉を勉強したんですか」

「フランス、ロシア、イギリス、スペイン、中国の言葉がわかります。挨拶ができる国はたくさんあります。挨拶と笑顔、旅人はそれで大丈夫です」

「それなら僕も旅人になれるかもしれない」

「ぜひ、なりましょう」

ヨハンはほがらかな笑顔でショーケースを眺める。

「世界のお菓子があると言いましたね。国はどこですか」

荘介がショーケースに向かうとヨハンはあとからついていく。荘介は一見の客にするように、商品を示しながら紹介する。

「こちらはモハラビエ。レバノンのミルクを使ったプリンです」

「プリン？」

「プディング」

「はい、わかります」

真っ白でプルンとしたプリンの上に細かく砕いたピスタチオの緑が映えている。

「口に入れると、オレンジの香りがしますよ」

「美味しいですか？」

荘介は胸を張る。

「はい。美味しいお菓子を作るのが仕事ですから」

ヨハンがぐっとこぶしを握ってみせる。

「エマも同じことを言いました。やはり、荘介さんは伝統の人です」

面映《おもは》ゆいようで、荘介は視線をショーケースに戻して次のお菓子を紹介する。

「スリランカのお菓子、アンナーシケーキです」

丸いケーキの上面には輪切りのパイナップルがぎっしりと並べられ、その黄色の真ん中にチェリーの赤が埋め込まれた宝石のような美しさを持ったお菓子だ。

「美味しいですか？」

「もちろん」

他にもハワイで好まれる、マカダミアナッツをふんだんに使ったマカダミアシフォンパイ。イラクのクルミ入りニンジンケーキ、フティラト・ジャザル。台湾の屋台ではお馴染みのサンザシを飴でくるんだタンフールーなどを見せ、味見を出し、ヨハンはすっかり荘介のお菓子作りの腕前に満足した。

「荘介さん。やはり私は日本に来て良かった。荘介さんはお菓子を本当に好きですね。エマもお菓子をとても愛していました。私は負けます」

「愛に負けはありません」

荘介が言うと、ヨハンは不思議そうに荘介の顔を見つめた。

「負けませんか。では、勝ちますか」

「ヨハンさんがお菓子を好きなら、それが勝ちだと思います」

愛について思いめぐらせているらしく、ヨハンは少しの間、沈黙した。

「私はお菓子を愛していないかもしれません。お菓子はいらない、旅人になりたいです」

「ヨハンさんは旅を愛しているんですね。それなら旅人も勝ちです」

荘介が力強く言いきると、ヨハンの目が赤くなった。潤んで今にも涙がこぼれそうだ。

「家族はみんな私が旅人になるのはいけないことだと言いました。伝統を継ぐことが正しいと」

ぐっと唇を噛んで俯いたヨハンは、鼻の付け根を押さえて涙をこらえていた。しばらくすると顔を上げ、荘介を見つめる。

「私は本当に旅人になります。いいでしょうか」

「僕は応援しますよ」

ヨハンは荘介の両手を握ってぶんぶんと振った。

マーマレードが冷めて、生地も冷蔵庫の中でキリッと引き締まった。二つを合わせて成形していく。

冷えて硬くなってはいるものの、ふんわり感が残った生地を五ミリの厚さに伸ばす。

生地を五センチ角の正方形に切りだし、中央にマーマレードをのせる。別で切っておいた額縁型の生地をのせて、マーマレードが絵画の位置にくるように重ねる。

最後の発酵のために、お湯を張って三十度近い温度になった大きな発泡スチロール容器に、生地を並べたオーブンの天板を入れ、三十分ほど置く。

発酵を待つ間、調理台に折り畳み椅子を寄せて荘介とヨハンは語りあった。

「私は行きたい国があります」

「どこですか？」

「ツバルです。海が高くなって、なくなるかもしれない島の国です」

温暖化の影響で海面が上昇しているために、島が水没するかもしれないと言われている国の一つだ。

「この頃、ツバルのことが研究されています。気温が上がるせいで水没するという話だけでなく、海岸が崩れたり、洪水があったりします。いつかなくなるかもしれない、今しか知ることができない。私がツバルのためになにができるのかわかりません。しかし、知りたいです」

熱を帯びた眼差《まなざ》しは自分の行くべき道を、すでに見つめているようだった。

「嬉しいことも楽しいこともたくさんあります。それはいいことです。しかし、悲しいことも辛いことも、大切です。すぐ側《そば》で見て、聞きたい、知りたい。それだけです」

「僕も似ているところがあると思います。僕はお菓子を作りたい、それだけです。世界中のどんなお菓子も、まだ誰も知らないお菓子も、伝統のお菓子も」

荘介の言葉に、ヨハンは目を輝かせた。

「では、エマのお菓子も作るのは好きですか」

「はい。ただ、一つ問題があるかもしれません」

「問題、なんですか」

「僕はお菓子ならなんでも作れますが、料理はとても下手なんです」

悲しそうに眉尻を下げた荘介を、ヨハンは不思議そうに見つめる。

「とても下手ですか」

「はい。久美さんに教えてもらっていますが、上手になりません」

「大丈夫です。下手でも食べられます」

力強く肯定してもらって、荘介は気を取り直してしっかりとヨハンと向きあう。

「そうですね、そこはいいんですが。問題はエマさんのデニッシュペストリーです」

「デニッシュペストリーは料理の中のパンか、お菓子の中のパンか、どちらの仲間に入るかによって、失敗する可能性が出てきます」

「問題とは？」

「料理の仲間だと思います」

あっさりとしたヨハンの言葉に、荘介は肩を落とした。

「どんな料理でも、僕が作るとまずくなるんです」

ヨハンは大仰に見えるほど、目を丸くした。

「それはいけませんね」

「ええ。大問題です。もし料理だとしたら、どんな味に仕上がるか」

荘介が眉根を寄せて苦悩の表情を浮かべると、ヨハンは慰めるように、荘介の肩にぽんと手を置いた。

「お菓子の仲間かもしれません」

「そうですよね、お菓子ですよね」

お菓子だと信じたい気持ちと、料理としてのパンではと心配する気持ちがせめぎあったような複雑な表情の荘介を、ヨハンは同情を込めた瞳で見つめる。そんな悲しげな空気が漂う厨房に、久美が入ってきた。

「ただいま戻りました。あれ、どうしたんですか、なんだか暗い顔して」

「おかえりなさい、久美さん。なにか美味しいものは食べられましたか」

「はい！　駅の向こうのパン屋さんで、焼きたてデニッシュを食べてきました！　エマさんのデニッシュの前哨戦《ぜんしょうせん》です。試食のためにお腹は空けておきましたよ」

「ねえ、久美さん」

荘介の呼びかけに久美は首をかしげた。

「なんですか？」

「デニッシュは昼食になりましたか」

荘介とヨハンはじっと久美を見つめる。二人がなにを知りたいのかわからず、久美は迷いながら答えた。

「はい……。あ！　デニッシュはお菓子か料理か問題ですか！」

ヨハンが荘介に尋ねる。

「昼食は料理でしょう。それでは、荘介さんが作ったら、Dänisches Gebäckはまずい味になりますか」

荘介は腕組みして考え込んだ。荘介が作るものが料理かお菓子かはっきりさせることが必要だった状況は過去にもあった。そのとき、料理だと思われるまずいものを作っても、最後にはお菓子に昇華させることができていた。自由に思い描いたものが食べたいという誰かの思いを、必ずお菓子にして手渡してきた。

荘介は腕を解き、力強い声を出す。

「僕が作るのはエマさんの味です。料理でもお菓子でも、どちらでもいいんだ。エマの美味しいデニッシュであれば」

「はい。美味しい味を知ることができたら、みんなが嬉しいです」

荘介がすっくと立ちあがる。

「焼きましょう」

発酵が済んだ生地を予熱したオーブンに入れる。

「悩んでいても答えは出ません。やってみなければ、答えを知ることはできないんです」

「エマは美味しいものばかり作りました。航介さんもそうだったでしょう。荘介さんも、きっと同じです」

荘介は緊張感を持った、きりりとした眼差しをオーブンに向けた。

焼きあがったデニッシュペストリーの表面に、オレンジキュラソーというリキュールであんずジャムを伸ばしたナパージュを塗ってツヤを出す。

網の上に並べて完全に冷ます。

荘介とヨハンはオーブンで焼けていくところも、網の上で冷めていくところも無言で見つめ続けた。そろそろ良い加減に冷めたかという頃、荘介が三人分の紅茶を淹れた。香りに惹《ひ》かれたのか、タイミングよく厨房を覗きにきた久美を手招き、三人でデニッシュペストリーを囲む。

こんがりときつね色に、ところどころ焦げ茶に色づいた生地はきらりと光って目を楽しませてくれる。マーマレードは加熱されてゼリーのような硬さを持った。

「ヨハンさん、味を確かめてください」

重々しく宣言するかのような荘介に勧められて、ヨハンは手のひらからはみだしそうなほど大きなデニッシュペストリーに、そっと手を伸ばした。鼻を近づけて香りを確かめ、大きく口を開けて半分を嚙《か》み取る。手に半分残ったものをしげしげと点検しながら口を動かす。とても丁寧に食べて、残った半分のデニッシュペストリーを網に戻した。

頭を垂れて深々とため息をついたヨハンに、久美が尋ねる。

「もしかして、料理でしたか？　デニッシュペストリー」

ヨハンは首を横に振った。頭を上げたときには、満面の笑みが浮かんでいた。

「エマの味です。懐かしい、エマの味です」

荘介の肩から力みが取れた。

「良かった。これでヨハンさんを送りだせる」

ヨハンが真っ直ぐに荘介を見つめる。

「本当に、伝統を任せていいですか?」

「僕で良ければ、エマさんの味を継がせてください。祖父の味と一緒に守っていきます」

しっかりとした荘介の答えに、ヨハンは満足したようだ。残り半分もぺろりと食べてしまった。久美も勧められてデニッシュペストリーを手に取る。

「これ、名前はどうするんですか?」

そう聞きながら真ん中から半分に割って口に入れる。外はサクッとした歯ざわりだが、中はもっちりしている。生地の折り込み回数がパイよりずっと少なく、十分に発酵させたためにふわふわした嚙み応えがある。オレンジマーマレードは今まで味わったものの中で、もっとも甘い。だが、甘さの奥に苦みと酸味が濃厚にあり、どしんとお腹に溜まる。

「普通に『オレンジのデニッシュペストリー』で出します?」

久美が荘介に聞くと、荘介はヨハンに向き直った。

「ヨハンさん、名前はどうしましょうか」

「お願いですが、『Zuhause』を名前にしてください。『Zuhause』という名前も伝統に入れてほしいです」

「わかりました」

荘介はしっかりと頷くと、手を差しだした。

「必ず『Zuhause』の味を引き継ぎます。僕のところに届けてくださって、ありがとうございます」

ヨハンがその手を取ってぎゅっと握る。

「これで私は本当に旅人になります。エマも安心してくれます。いつか私の両親も日本に来ることがあるかもしれません」

「そのときには、間違いなくエマさんの味をお出ししますよ」

またいとこ同士は、固い握手で伝統を受け渡した。二人の姿は頼もしかった。

曾祖母、祖母、両親と受け継いだ味は血脈にも似てとても濃いものだ。それを断ち切ることはできない。一度途切れてしまえば二度と手に入れることができないのだから。

ヨハンが悩んできたのは、つながり続けた先祖の思いをすでに受け継いでいたからだろう。久美はそんなつながりの一端になり、代々の思いを後世に残せること、この店で荘介と一緒に守ることができることを心からの喜びだと思う。

ヨハンはいくつかの『Zuhause』をバックパックに詰めて旅立った。真っ直ぐツバルへ行くのか、他のどこかへ向かうのかはあえて聞かなかった。どこへ行っても、ここがヨハンの帰る場所の一つであるようにとの願かけだ。

どこまでも自由に旅をしてほしい。

荘介と久美はヨハンが旅する遠い空を思って、祈った。

飴が割れたらサプライズ

『お気に召すまま』にたどりついた星野陽《ほしのよう》は、いつもと違いすぐにドアを開けなかった。ドアのガラス窓から店内を覗き、慎重にぐるりと辺りをうかがう。それでやっと満足したらしく、店のドアを開けた。カランカランという軽やかなドアベルの音に、久美が振り返る。

「陽さん、いらっしゃいませ！」

真っ白な肌、知性あふれる瞳、菩薩《ぼさつ》のような柔和な笑み。陽という名前のごとく、今日も太陽のように輝いている。

だが今日はいつもと違い、様子が変だ。焼き菓子が並んだ棚の陰に隠れ、通りに面した大きな窓の端まで中腰で移動し、身を潜めながら通りを見渡す。

いったいなにごとだろうかと久美がいぶかしんでいると、納得した様子で陽が振り返った。

「こんにちは、久美さん。今日もお元気そうね」

「元気だけが取り柄ですから」

ショーケースの裏からとことこと出てきた久美は、店の隅のイートインスペースに陽を案内した。常連というだけでなく久美と友人でもある陽は遠慮なく席につく。

「あの、なにをしてたんですか？　きょろきょろしてましたけど」

「なんでもないのよ」

輝く笑顔で陽に言われると、なんだって大したことじゃないと思える。それよりも気になることがあり、久美は陽が入ってきたドアの方を振り返った。

「藤峰《ふじみね》は一緒じゃないんですか？　珍しいですね」

「じつはね、相談したいことがあって。透《とおる》くんには内緒で」

噂の人、藤峰透は陽の恋人で、久美とは高校の同級生という気心の知れた仲だ。陽と藤峰は大抵一緒に『お気に召すまま』にやって来る。この店に来るとき以外もほとんど一緒にいるのだと、藤峰はいつもぐにゃぐにゃと体を揺らしながら話すのだ。

「今日は、店長さんは？」

「いつもどおり、放浪しております」

必要以上に丁寧な答えがおかしかったのか、陽はクスクス笑う。

「それじゃ、注文は久美さんに聞いてもらいましょう。あのね、サプライズパーティーを開こうと思っているの」

陽が肩にかけていたバッグから一枚の厚手の紙を取りだした。

「これを注文したいんです」

そこには一本の梵鐘《ぼんしょう》が描かれている。

「えっと、お寺の鐘ですよね？　ずいぶん渋いチョイスですけど」

「そう。形だけは考えたんだけど、どんなお菓子を使うかはお任せしたいの。それで大丈夫ですか？」

久美は胸を張って請けあう。

「もちろんです！　当店ではご注文いただければ、どんなお菓子もお作りいたしますので」

「いつもどおり、自信満々でかっこいいわ」

胸の前で小さく拍手してくれる陽がまぶしくて、久美は照れ隠しのように口早に問う。

「ところで、なんのお祝いのパーティーなんですか」

「透くんの就職記念なの」

「へえ、就職」

「そう、就職のお祝い」

しばらく二人はニコニコと顔を見合わせていたが、久美が「え！」と言って目を丸くした。

「…………！」

口をぱくぱくさせるだけで声も出ない久美の様子を、陽が心配そうにうかがう。

「どうしたの、久美さん。なにか怖いものでも見たみたい」

「しゅ、就職って、なんでですか」

「なんでって？」

陽が首をかしげると、長い黒髪が肩からさらりと流れる。

「なんで藤峰が就職できるなんて奇跡が……。あ、お坊さんになったとか？」

大学院で仏教学を研究している藤峰は自他ともに認める仏教オタクだ。世間ずれしていないと言えば聞こえはいいが、現実的なことには、てんで向いていない。世俗から離れた仏僧になるのは自然なことだと、自分の出した答えに久美は納得しかけた。

「違うのよ。大学の講師になるの」

「…………！」

再び言葉を失くした久美を、陽は楽しそうに見つめる。

「私も驚いたわ。まさか、あんなに不器用な透くんが教職の道に進むなんて」

「就職活動なんか藤峰にできるとは……」

陽は同意して深く頷いた。

「それがね、前任の講師の方が急病で、代理なのよ」

「あー、なるほど。それなら納得です」

久美は代理という部分を手放しで喜んでいいものやらわからないなりに、お祝いの気持ちを表すべく、大福茶《おおぶくちゃ》を淹れた。陽はしげしげと茶碗の中を見つめる。

「結んだ細切りの昆布と梅干しを沈めた煎茶？　なにか意味があるのかしら」

「大福茶っていうおめでたいもので、関西の方でお正月に飲まれるそうです。むかーし昔のえらいお坊さんが疫病をお茶で退散させたっていう話からできたんですって」

「仏教関係なのね。透くんが喜ぶわ」

嬉しそうにお茶に口をつけようとした陽が、ドアの方に目をやり会釈した。久美が振り返ると同時にカランカランとドアベルが鳴り、長身でがっしりした体格の男性が入ってきた。

「わあ、珍しか。班目《まだらめ》さんが表から入ってくるやら。どげんしたと？」

驚きのあまり素の博多《はかた》弁でどうしたのかと問う久美に、班目太一郎《たいちろう》は重々しく頷いてみせる。店主と幼馴染みで遠慮などしない仲のため、いつもは厨房奥の裏口から入ってきて店に入り浸り、久美を怒らせて楽しむ班目だが、今日はやけに真面目だ。

「抜き差しならない事情があったんだ」

「なにか、大変なことでも？」

久美が心配して尋ねると班目はもう一度、頷いた。

「裏に回るより、表から入った方が近かったんだ」

「……面白くない。減点」

半眼で見られても平気な顔で、班目は肩にかけたバックパックを下ろして、陽の真向かいの席に座った。

「今日はここで藤峰くんと待ち合わせなのか」

常連仲間の班目の言葉に、陽は不思議そうな表情を浮かべた。

「透くんですか？　約束はしていませんけれど」

「そうか、たまたまか。さすがに運命の恋人同士、どこにいても心が通じてるんだな。もうすぐやって来るぞ」

班目の言葉に、陽が目を丸くする。

「透くんが来てるんですか？　お店に向かって？」

「駅の方から、ふらふら歩いてきてたが」

「大変！　隠れなきゃ！」

陽が慌てて立ち上がる。久美もつられてテーブルの茶碗と梵鐘のスケッチを取りあげ、ショーケースの裏に隠した。

「陽さん、厨房に行ってください。隙を見て裏口から出て」

「わかったわ」

バッグをぎゅっと握り締めて、陽は店の奥の厨房へ向かった。

「俺には裏口を使うなって言うくせに」

唇をつきだす班目に、久美は眦《まなじり》を吊り上げてみせる。

「緊急事態なんです。班目さんの悪ふざけとは意味が違います」

「なんだか大変そうだね」

陽が消えていった厨房から、荘介がやって来た。

「荘介さん！　帰ってきてくれたんですね！」

縋《すが》りつくような勢いで久美が店長の帰還を喜ぶ。荘介は叱られなかったことにほっとしたようで、表情を和らげた。

「厨房で盗み聞きか」

班目の問いに、荘介は楽しげな笑顔を返す。

「壁に耳ありだよ」

久美は表のドアに駆けよって窓から外の様子をうかがってから、荘介に尋ねた。

「陽さんは無事に逃げだせましたか？」

「いや、まだ厨房にいますよ。店の外に出て藤峰くんと鉢合わせしないように、もう少しいた方がいいんじゃないかな」

その言葉が聞こえたかのように、カランカランとドアベルを鳴らして一人の青年が入ってきた。着古したチェックのシャツをジーンズの中にきっちりインした、流行とは無縁な恰好だ。

「ふ、藤峰。なんばしに来たと」

慌てすぎて声が裏返った久美が、ばたばたとショーケースの裏に回り、隠している絵をさらに背中にかばう。

「なにしに来たって、注文に来たに決まってるでしょ」

「注文って、なんの？」

「サプライズの」

「え！」

驚きのあまりショーケースに身を乗りだした久美を藤峰はいぶかしげに見やる。

「なに？　僕が注文したらなにか都合が悪いの？」

「な、なんでサプライズなのかなーと思って。陽さんもサプライズが好きだし」

藤峰は目を細めてじっと久美を見る。

「ななな、なんね。なんば見よると」

「どうして今、陽さんの名前が出たのかなと思って」

「だ、だって。だって、ねえ?」

久美の視線はきょろきょろと落ち着かない。確信を持って、ずずいとショーケースに近づいた藤峰が問う。

「来たんだね、陽さんが。サプライズの注文に」

「それはー、そのー、なんというかー」

藤峰がぴたりと口を噤《つぐ》むと、久美はどうしたらいいかわからず、口走った。

「言えん。陽さんのために、言うわけにはいかんったい」

二人のやりとりを見ていた班目が腹を抱えて笑いだした。

「久美ちゃん、いかんだろ。お客様の極秘情報をばらしちまったら」

「え、ばらしたって……。私はなにも言ってませんよ」

すべてを察した藤峰が、ぐるりと三人の顔を見比べる。班目は涙を流して笑い続け、久美の顔は青ざめ、荘介は人懐こい笑みを浮かべて面白がっている。

「それで、藤峰くんはなんのサプライズが必要なのかな」

荘介が水を向けてやると、藤峰は胸を張って答えた。

「僕の就職祝いパーティーのためのサプライズです」

班目が椅子を蹴って立ち上がる。

「就職!? まさか!」

大股に藤峰に近づき、両肩をがしっとつかむ。

「夢を見たんだな、藤峰くん。いいか、しっかりしろ。ここは現実だ。きみの辞書に就職なんて言葉はないはずだ」

藤峰は「痛い、痛い」と身を捩《よじ》って班目の手から逃げだした。

「夢じゃありませんよ。来年度から大学講師になるんです。比較宗教学の講義を受け持ちます」

荘介が天井を見上げて溜め息をつく。

「学生さんの困惑が目に浮かぶようだよ」

「荘介さんまでなにを言うんですか。仏教を語らせたら、僕はちょっとしたもんですよ」

三人は藤峰をじっと見つめて、先行きが不安で暗い気持ちになった。だが仕事は仕事。サプライズの話を聞かねばと、久美は藤峰を座らせて大福茶を出した。

「あ、これ、もしかして大福茶？」

「知っとうと？」

「空也上人《くうやしょうにん》が疫病祓いをしたことがきっかけでできたお茶でしょ。うわあ、幸先《さいさき》がいいなあ」

茶碗を両手で包んでにこにこしている藤峰に久美が尋ねる。

「それで、自分のためのパーティーでなにをサプライズすると？」

「陽さんの、というか星野一家のサプライズ好きは知ってるでしょ」

縁あって、藤峰は星野家に居候《いそうろう》している。そのため、星野家の人たちは『お気に召すまま』のお菓子の味をよく知っていた。久美は軽く頭を下げる。

「毎回、当店をご利用いただいてありがとうございます」

「変わったお菓子を作ってくれるだけじゃなくて、擬装用の小物まで準備してくれるから、もうここじゃないと頼めないよ」

「当店ではお客様のご満足のために力をつくしておりますので」

胸を張る久美に、藤峰が尋ねる。

「僕と陽さんのサプライズの注文以外でも、小物を付けたりしてるの？」

「そうやね。ガレット・デ・ロワっていうお菓子には紙製の冠を付けるし、さげもんっていうひな祭りのお菓子のときは私が折り紙で飾り物を作ったとよ」

「へえ。じゃあ、この前の、どこにもないピザ屋さんの箱も久美の手作り？」

藤峰の疑問には班目が悲しそうに答えた。

「それは俺のＤＩＹだ。ドゥ・イット・予算外。無償でこき使われてるんだよ」

「え、そうなんですか」

大げさに肩をすくめて溜め息をついてみせた班目が手のひらを差しだすと、藤峰は「わん」と言って握った手をのせた。

「違う、お手じゃない。工賃をよこせ、ツケが貯まってるぞ」

「それを僕に言われても困りますよ、ちゃんとお菓子の料金は払ったんですから。久美に言ってくださいよ」

班目が手のひらを久美に向けると、久美はとっておきの笑みを浮かべてみせた。

「もう済んだことじゃないですか。で、藤峰。注文をおうかがいするけん、早く言いんしゃい」

藤峰は久美と班目を見比べて、久美が優勢だと判断したようでショーケースに近づいていく。その背中を恨めしそうににらんでから班目が久美に相対する。

「久美ちゃんや、この件については俺は引き下がらんぞ」

「班目さんは昔から大工仕事が得意で、タダで腕を振るっていたって、荘介さんから聞きましたよ」

久美の指摘に班目は眉根を寄せてしばらく考え込んだ。

「とくに大工仕事をしたことはないが」

三人のかけ合いを興味深く観察していた荘介が口を挟む。

「高校の演劇部の大道具を作ってあげてたでしょう。部員でもないのに無償で」

「無償じゃなかったぞ。働いた分、昼飯を受け取ってた。学生だってちゃんと支払うんだ。社会人なんだから見習ってくれ」

久美はつんとした態度を見せる。

「班目さんだってツケが溜まりに溜まってるんですからね」

「なんだよ、なんの話だ」

畳みかけるように久美が早口になる。

「テーブルチャージですよ。いつもいつもイートインスペースを占領して仕事して。お菓子も買わずに居ついてるんだから、なにかで貢献してください」

「未来の客だろ」

いつものように言い合いを始めた二人の脇をすり抜けて、荘介がショーケース越しに藤峰の前に立つ。

「お待たせしました。ご注文をうかがいますよ」

「さっきの話だと、もう陽さんは注文に来たんですよね。どんなものを注文したか教えてください」

「それは……」

荘介は一瞬、口ごもった。いくらなんでもサプライズの内容までは漏らせない。迷っていると、タイミングよく店の電話が鳴り、荘介はさっと藤峰から離れて電話を取った。

「はい、『万国菓子舗　お気に召すまま』でございます。はい。はい、いつもお世話になっております」

なんの断りもなく自分より電話を優先した荘介に泣き真似をしてみせて、藤峰はイートインスペースに戻った。久美と班目は気軽な言い合いをやめる気はないらしい。藤峰はぽつんと椅子に座って静かにお茶を啜る。

「ごめんね、藤峰くん。お待たせして」

「いいんです。僕なんて陽さんのオマケなんです。自分が客だなんて思い上がってないですから、大丈夫です」

電話を切ってイートインスペースへ移動した荘介は、藤峰の後ろ向きな発言を面白がって隣の席に座った。

「星野さんと知りあう前の藤峰くんに戻っちゃったみたいだね」

「僕の自信は、陽さんに愛されてるからあるものであって、自家発電はできないんです」

猫背気味の藤峰の肩はがっくりと下がってしまって、いかにも憐れを誘う。

「そんなに愛を感じているなら、素直に驚いてあげたら？」

藤峰は上目遣いに荘介を見上げる。少々、拗《す》ねた表情だ。

「騙《だま》されるとわかっていてもマジックを見るのは、人が生来、驚くのが好きだからです。つまり、お祝いしてもらうお礼に一番いいのは、驚かせることです」

「本当にきみたちはサプライズが好きなんだね」

「一度踏み込んだら抜けだせない底なし沼なんです」

荘介は真面目な顔で頷くと、ショーケースの裏に戻り、陽のスケッチを取ってきた。

「そこまで言うなら、しかたない。星野さんには絶対に秘密だよ」

そっと用紙を開いて藤峰の前に差しだすと、藤峰は明るい声をあげた。

「観世音寺《かんぜおんじ》の梵鐘じゃないですか。僕、大好きなんですよ。日本最古の鐘の音、陽さんと一緒に聞きにいったこともあるんです」

「この簡単な絵でどこのお寺の鐘かわかるのはさすがだね」

二人がスケッチを眺めていることに気づいた久美が慌てて駆けよる。

「そんな、荘介さん！　サプライズの内容までバラしてしまったら、陽さんが悲しみます。藤峰だって、そんなの嫌やろうもん」

藤峰はスケッチを取りあげて、そっと胸に抱いた。

「悲しみなんか感じられないくらいの驚きをプレゼントするよ。荘介さん、力を貸してください」

「もちろん、お任せください」

決意のこもった藤峰の視線を受けて、荘介は生真面目に返事をした。

「さて。星野さんの案はこうです。お菓子でおもちゃに見えるように鐘を作って、藤峰くんが鐘を撞《つ》いたら割れてしまう。慌てる藤峰くんに真相をばらす。ということだそうですよ」

「なんてこと……」

藤峰は目をみはり、スケッチがくしゃくしゃになることにも気づかず強く抱きしめた。

「すばらしい案だよ。僕には到底、思いつけない。やっぱり陽さんはすごい人だ」

感極まって泣きだした藤峰に、久美がティッシュを渡してやる。

「鼻水を垂らさんとって」

「だって……、だって、悔しくて」

ティッシュを握り締めた藤峰に、班目が尋ねる。

「で？　藤峰くんはどうやって逆サプライズするんだ？」

「このお菓子と同じデザインのお菓子を、もっと大きく作ってもらえませんか」

久美が予約票を取ってくると、荘介が受け取り『梵鐘のお菓子、特大』と書き込んだ。

「具体的にはどれくらいの大きさがいいのかな」

「僕が中に入れるくらいで。鐘の中に隠れておいて、どーん！と現れるんです。絶対、驚きますよ」

「藤峰、どーんと現れるって、どうやって？」

久美の質問に藤峰は満面の笑みを返す。

「そりゃあ、両のこぶしを突き上げて、元気よく飛びだすのさ」

「あんたが中から飛びだしたら、お菓子はグチャグチャやないね。それに、中に人が隠れてたお菓子を食べたらいかんやろうもん。衛生的に」

「あ、それはそうか。じゃあ、食べない前提で作ってもらえれば」

久美は両のこぶしを元気よく突き上げた。

「うちはお菓子屋さんなんよ！　食べるものを作る前提で成り立っとうと！」

その迫力におののいて、藤峰は班目の背後に逃げ込んだ。

「おいおい、俺を巻き込むなよ」

「助けてくださいよ、僕と班目さんの仲じゃないですか」

「俺ときみの間には高いハードルがあるだろ。俺は小道具作りの下請け、きみは注文主。その間にはこの店が介在するんだよ。面倒は店と協議して解決してくれ」

「そんなあ。薄情ですよ」

藤峰に背後を取られないようにと、班目は壁にぴたりと背中を預けた。その代わりというように、久美が機嫌よく、とことこと藤峰に近よる。

「そうたい、藤峰。今回はハードルを取っ払ったらいいんやない？」

「なにそれ」

「注文主が藤峰やろ、注文を班目さんが直接受ける。仲睦まじくて良かろうもん」

藤峰はじっと班目を見つめる。班目はため息交じりに手のひらをつきだし、藤峰は手のひらにこぶしをのせて「わん」と鳴いた。

「中から壊せる鐘を作ればいいんだな」

面倒くさそうに顔をしかめてはいるが、班目も悪い気はしないようで、壁から背中を離している。藤峰は深々と頭を下げた。

「低予算でお願いします」

班目は黙って頷いた。


おおまかな打ち合わせが終わって藤峰が帰っていくと、それを確かめたかのようなタイミングで陽が厨房から戻ってきた。久美はテーブルのかたづけをしていた手を止め、顔を上げた。

「あれ、陽さん。ずっと厨房にいたんですか」

「ええ。透くんの作戦をスパイしていたの」

「お聞き及びとは思いますが、作戦をばらしてしまって、すみません」

申し訳ないと肩を縮める久美に、陽はほがらかに返事をする。

「私が厨房から電話して、店長さんにお願いしたの。わざと透くんに情報を漏らしてくださいって。その上を行く作戦を立てようと思って」

「本当にスパイみたいですね」

「恋の駆け引きは情報戦よ」

陽は両手で銃をかまえるポーズを作り、人をとろかすような笑みを浮かべてみせた。

「おかげで大収穫ね。新しいアイディアも湧いたし、今日お邪魔して良かった」

「新しいアイディアって？」

「鐘を割ったら、お菓子でできた仏像が現れるの。その仏像を取ったら、ちょっと小さな仏像。店長さん、そうやってマトリョーシカみたいにできませんか？」

「お任せください」

荘介は自信満々で請けあった。

イメージイラストを描き終えた陽が帰ると、荘介と班目はそれぞれノートを持ちより、客のいないイートインスペースで梵鐘のデザインについての相談を始めた。

「まずは、どこまでリアルに近づけるかだが。俺が作るのは人が入るくらいのサイズだし、いくらでも意匠を再現できる。荘介はお菓子だから、多少のデフォルメは必要か」

「そうだね。星野さんのスケッチも、かなり簡単に描いてある。もともと梵鐘自体に銘文が入っているわけでもないし、リアルタッチじゃない方がかわいくていいかもね」

「マトリョーシカも入りますもんね」

「じゃあ、縦横の比率を変えて、丸っこくするか」

ノートに何種類か梵鐘の形を描いてみせる班目の手許を、荘介と久美が覗き込む。荘介は腕を組んで少し考えてから同意した。

「そうだね、縦長だと藤峰くんが潜んでいる間、ずっと細くなっていなければいけないだろうから」

「運動不足の藤峰にはちょうどいい苦行かも」

久美の呟きに班目が噴きだす。

「お祝いの席で酷使した全身の筋肉がブルブルしているのは、さすがにかわいそうじゃないか？」

「そうですね。一生に一度のことですもんね」

「いや、さすがに一生講師なわけじゃないだろう。出世もするだろうさ」

「嘘やん」

きっぱり言いきられると班目も藤峰の出世に不安を持ったのか黙り込んだ。荘介は見下ろしているノートから目を離す。

「お菓子の方は、外から割るから撞木《しゅもく》も作ろうと思ってるけど」

「撞木って鐘撞きの棒のことですか？」

「そう、正解です」

荘介は久美の頭を撫でる。すぐにスキンシップを取りたがる恋人に慣れっこの久美は、好きなようにさせておく。班目はうんざりとした表情で二人のイチャイチャを見ないふりをした。

「班目の方は内側から壊すから、撞木はいらないよね」

「そうだな」

「材料はどうするんですか？」

「人が中に入るから、発泡スチロールはだめだな、呼吸の問題がある。基礎は段ボールか。藤峰くんを騙せればいいんだから高級感はいらんだろ」

久美は大いに賛成と頷いてから、荘介に尋ねた。

「お菓子はどんなものにするんですか？」

「飴細工がいいと思ってるよ。崩れにくいから運びやすいし、割ったときに音が響くのも鐘らしいでしょう。仏像マトリョーシカは、もなかがかわいいと思うんだけど」

荘介は満面に笑みを浮かべて久美を見つめる。こういうときの店長は無理なおねだりをすることを、長年の勤務経験でわかっている会計役の久美は、半眼で荘介を見やる。

「だいたい言いたいことはわかりますけど。欲しい調理器具があるんですね」

「はい。もなかの鋳型を注文し……」

「できません」

「せめて最後まで聞いてく……」

「聞けません。型を特注すると高価です。一つならまだしもマトリョーシカみたいにサイズ違いをいくつも作るとなると、まとまった金額になります。却下です」

経理を一手に担っている久美に説き伏せられ、荘介はがくりと肩を落とした。

「では、仏像も飴細工で統一します。細かい細工もしやすいですし」

「そうしてください」

二人のやりとりをよそにイラストを描き上げた班目がノートを差しだす。

「これくらい丸くしたら作りやすいかと思うんだが」

「かまくらみたいですね」

「うん。かわいくていいと思うよ」

久美と荘介の受けがよく満足したようで、班目はノートを閉じた。

「じゃあ、決まりだ。色は緑青《ろくしょう》でいいな」

「そうだね。実物の写真を見ながらということでいいんじゃないかな」

「了解。じゃあ、またな」

ノートをバックパックにしまって立ち上がった班目に久美が尋ねる。

「あれ、班目さん。今日はお仕事していかないんですか」

バックパックを肩に担ぎながら班目が答える。

「取材の予定があるんだ。その前にここで一仕事したかったんだが」

班目は動きを止めて俯いた。

「まあ、正味《しょうみ》な話。自宅から取材先に直行するとな、うまく話せないんだ」

久美は疑わしげな目で班目を見る。班目はじっと見返すと「冗談だ」と言って手を振って店を出ていった。班目の珍しく弱気な様子を見て、久美はやりすぎたのではないかと不安になり、荘介を見上げた。

「もしかして、本当の話だったんでしょうか、うまく話せないって」

荘介は優しい笑顔で答える。

「子どもの頃は人見知りだったから、もしかしたらどこかにそんな繊細さが残っているのかもしれないね」

「それなのにフードライターなんていう、人に会わなきゃならないお仕事を選ぶのって、勇気がいりそう」

「なにごとも始めるときは勇気が少なからず必要だよね」

「班目さんは図太いから放っておいても大丈夫でしょうけど、藤峰は少し心配ですね」

荘介はわざと目をみはってみせる。

「久美さん、どうしたんですか。藤峰くんへの対応にしては優しすぎませんか」

「私はいつも聖母のように優しいですよ」

「そうだっけ」

軽口をたたきつつ、荘介はすうっとドアに近づく。

「荘介さん」

「なんでしょう」

荘介は立ち止まり、振り返る。

「どこかへお出かけですか？」

久美の目が三角に吊りあがっているのを見た荘介の表情が固まった。

「いえ、べつに。棚の整理でもしようかなと」

方向転換して荘介はドア脇の焼き菓子の棚に向きあう。クッキーや煎餅《せんべい》、月餅《げっぺい》などさまざまな品が洋の東西を問わずきちんと並んでいる。整理する必要はなさそうだ。

荘介が放浪へ出ることを阻止できた久美は満足して、ショーケースの裏へ戻っていった。

飴の製作には三日、時間をかけた。試作に二日、本作に一日だ。

まず梵鐘の基礎部分、ドーム型を作っていく。

ボウルにラップを張る。しわが寄らないようにぴんと張ったら、もう一枚、上から重ねて張る。そのラップを利用してドーム型を作る。

グラニュー糖、水飴、天然色素で深緑に染めた水を鍋に入れ火にかける。結晶化するのを防ぐため、揺すったり、混ぜたりせず、焦げの原因になる鍋のふちに付いたシロップを取り除く作業だけにとどめる。

適正な温度になったら火から下ろし、濡れタオルにのせて温度の上昇を止める。

直径二十センチの円筒形の型、セルクルを、ボウルに張ったラップにのせて飴を薄く流し入れる。

飴が固まらないうちに、セルクルを強い力で下に押し込む。

押し込まれた空気がセルクルの内側に集まり、飴がドーム状に膨らむ。直径、高さともに二十センチほどの大きさになるまで押し続ける。

飴はすぐに固まる。それを確認したら、ボウルに張ったラップを取り外し、セルクルに張り付いたもう一枚のラップを取る。

セルクルを外側に引っ張り広げて、ドーム状の飴を剥がす。

ドームの接地部分に溜まって固まった不要な塊を、バーナーであぶったナイフで削ぎ落とす。

同じ色の飴で梵鐘の表面にあるさまざまな意匠を形作り、貼りつけていく。鐘を吊り下げるための竜頭《りゅうず》、撞木をあてる撞座《つきざ》、乳《ち》と呼ばれる無数に並んだ半球形の突起。写真を見ながらデフォルメしつつも観世音寺のものだとわかるように梵鐘を作り上げた。

「かわいい鐘ですね」

客がいないときを見計らって久美が厨房を覗きにきた。

「鐘撞きの棒はどんなお菓子にするんですか」

「堅焼きにしようと思います」

久美が口先でむにゃむにゃとなにか呟いてから、作り笑いをした。

「美味しいですよね、お茶につけてふやかして食べると」

「そうですね。久美さんは歯を折りかけたから硬いままで食べるのは怖いのかな」

「あの硬さはトラウマです。どうやったら、お菓子をあそこまで硬くできるんですか」

荘介は口の前に指を立ててみせた。

「もちろん、企業秘密です」

「私も同じ企業の人間なのに」

「敵を欺くには、まず味方からですよ」

「誰を欺くつもりやら」

軽口のかけ合いで息抜きを終えて、久美は店舗に戻っていった。

梵鐘の中に仕込む飴製の仏像を作っていく。

まず、粉砂糖、アーモンドプードル、卵白をよく練って作ったマジパンで、仏像を形作る。

バットにコーンスターチを厚く敷き詰め、仏像型のマジパンを埋めて、仏像型のへこみを作る。

次に、梵鐘と同じ材料に茶色に染めた水を加えた飴を炊く。

仏像に空洞を作るため、仏像型のウイスキーボンボンを作っていく。

ウイスキーを入れたボウルに、煮立ったシロップを注ぎ込む。結晶化しないようにボウルのふちに沿って静かに行う。

別のボウルに静かに移し替える。元のボウルと二つ目のボウルとを交互に移し替える作業を数回繰り返し、シロップの状態のままで固まらないように冷ます。

温度を下げたウイスキー入りのシロップをボウルから調理用のじょうごに静かに注ぐ。

前の工程で作っておいたコーンスターチの型にシロップを注ぎ込み、冷やし固める。

ウイスキーボンボンになった仏像の底部を熱したナイフで切り落とす。

仏像の体内に溜まっていたウイスキーを流しだして乾燥させれば、一体目の仏像が完成する。

これを少しずつ小さくしてあと三つ作る。

一番小さな仏像は底を切り落とさず、ウイスキーボンボンのままにした。


「久美さん、仏像の御開帳ですよ」

呼ばれたときには閉店時刻が迫っていて、生菓子は売り切れていた。

「少し早いですが、閉めましょうか」

店長の即断により店舗のかたづけを済ませ、久美は厨房に向かった。

「あ！　堅焼き！」

企業秘密の堅焼きを指差して久美が叫ぶのを、荘介は楽しそうに見ている。

「硬いうえにこんなに長く太くなっちゃって。これ、誰が噛めるんですか？」

「きっと、久美さんなら」

久美はクッキーかビスケットか煎餅か判然としない、自分の親指ほどの太さで長さ二十センチはある小麦菓子をおそるおそる突っついた。

「大丈夫、歯も歯茎も歯医者さんに褒められるっちゃけん。大丈夫、大丈夫」

荘介は笑いをこらえて顔をしかめながら、久美を慰める。

「今日は堅焼きで鐘撞きをするので、まだ食べたらだめですよ」

「あ、そうか！」

安心して肩の力が抜けた久美は、調理台に置かれた鐘に顔を近づける。

「とても飴には見えません。鐘のおもちゃみたい」

「食べ物で遊ぶのは良くないですが、今日は特別に、パリンといっちゃってください」

荘介が言うと、久美は目をきらきらさせて顔を上げた。

「私が撞いていいんですか？」

「どうぞ、どうぞ」

久美は嬉しそうに堅焼きを握り締めると、梵鐘の中央にある丸い撞座をコンと叩いた。

「割れません」

「思い切って、どんといきましょう」

「どーん！」

鐘を撞くというより、撞座に堅焼きを思いきり叩きつけた結果、梵鐘は調理台の向こうへ、ビューンと滑っていく。荘介が慌てて手を伸ばして、落下はなんとか食い止めた。

「ひびも入っていないですね」

力及ばず、久美はむっとして唇を引き締めた。

「もっと、どーんといきましょうか？」

「飛ばないように押さえていないとだめだね」

荘介が鐘に手を添えて支え、久美は堅焼きを両手で握り直した。

「いきます！　どーん！」

両手を勢いよく前へつきだし、撞座に堅焼きをヒットさせる。パリンと硬質な音を立てて鐘に穴が空く。鐘の表面に何本かひびが入ったが、全体が割れるほどの衝撃ではなかったらしく、鐘は未だ立ち続けている。

「もっと薄く仕上げないとだめですね。明日、もう一度試作します」

「では、この飴は」

「試食してみてください」

久美は割れた飴のかけらをころころ転がして味わってから、噛み砕いて飲み込んだ。

「いつもの美味しい飴ですが、すごく薄いから食感がさくっとしていて、スナック菓子みたいです。パリパリパリパリパリいくらでも食べられそう」

荘介は久美から堅焼きを受け取って鐘をあちこち撞いて崩しながら、欠けて落ちる飴を口に入れて噛んでいる。久美も砕かれていく鐘を食べ続けた。

「わあ、仏像、かわいいですね」

梵鐘を半分ほど食べ進めると、仏像が顔を出す。久美は仏像をひょいと持ち上げて調理台に置き、中から出てきた二つ目の仏像も摘まみ上げてどかし、三つ目の仏像をさらに横に移動させた。背比べのように四つの仏像が並ぶ。

「ウイスキーボンボンの外郭だから、少しお酒の香りがすると思うよ」

「ふむふむ。あ、本当ですね」

十センチ四方ほどの一番大きな仏像を齧って、久美はじっくりと味わう。

「普通のウイスキーボンボンはウイスキーの味が強くて飴の味は甘いことくらいしかわからないですけど、ウイスキー風味の飴はお酒のおつまみにできそうなくらい、しっかりした主張がありますね。私は大人の飴です！っていう」

「大人向けだけに、いろいろと思うところがあるのかもしれないね」

「仏様ですしね」

二人でパリパリ飴を食べて一日目の試作は終わった。

二日目、荘介は飴を薄くして堅焼きで梵鐘の台座を作った。台座が付くと、梵鐘は押さえておかなくても飛んでいかず、軽い力でもきれいに割れた。

「昨日より薄くなって、もう飴じゃなくてしゃぼん玉なんじゃないかっていうくらい軽い食感です」

久美の感想を開いて、荘介は満足げに頷いた。

＊＊＊

「藤峰くん、ここが作戦のキモなんだから、しっかりしてくれよ」

班目が作ったボール紙製の梵鐘の中で、藤峰は中腰のまま歩く練習を何度も繰り返していた。

「班目さーん、もう無理です。膝が死にそうです」

「膝は案外、死なんもんだ。きみは若い、まだいける」

「そんなあ」

梵鐘は台車にのせられている。その台車に斜めにかけた板の上を滑らせて、班目が梵鐘を地面に下ろす。その動きに合わせて、鐘の中に隠れている藤峰は中腰のまま移動しなければならない。だが、班目が梵鐘を動かすタイミングと藤峰が歩く速度は、なかなか合わなかった。

「よし。諦めよう」

シャキッと腰を伸ばした班目を、藤峰が目を丸くして見上げる。

「え？　班目さん、なにを言いだすんですか」

「藤峰くんは本番に強いタイプだ。練習で膝を痛めるより、一発勝負にかけた方がいいだろう」

「さっきと言ってることが違うじゃないですか。その案には不安しかないですよ」

「大丈夫だ、きみならできる。ほら、時間もなくなったし、行くぞ」

班目は梵鐘をひょいと持ち上げると、どこからか借りてきていた軽トラックの荷台にのせる。台車と板も荷台に積んで、練習場にしていた公園の駐車場から陽の家へ向かって走りだした。助手席の藤峰は頭を抱えてぶつぶつと、ずっとなにか言っている。

「藤峰くんや、呪いの言葉を呟くのはやめてもらえないか」

「呪ってなんかいません。心を鎮めるための読経《どきょう》です」

「もう少し景気よくやってみたらどうだ」

藤峰は恨めしそうに班目をにらむ。

「景気のいい読経ってなんですか。聞いたことあるんですか。結婚式の読経でも荘厳ですよ。パリピの読経ですか。ウェイ系の読経ですか。インフルエンサーの……」

「とりあえず聞いたことがあるカタカナ語を羅列してるな。ずいぶん緊張してるんだな」

ぐっとこぶしを握り締めて、藤峰は珍しく気合の入った声を出す。

「そりゃそうですよ。サプライズは一度きりなんですから。全力でかからないといけないんです」

「なるほど」

「お願いしますよ、班目さん！」

「わかった、わかった。任せとけ」

ハンドルから片手を離してひらひら振ってみせる班目の軽い態度に、藤峰の表情が暗くなる。

「そんな適当な相槌で……。本気を見せてくださいよ」

「本番でな」

「班目さーん」

泣き言を繰り返す藤峰に生返事をしながら、班目は星野家のすぐ近くに車を停めた。

「ほら、台車を下ろして、とっとと乗れ。行くぞー」

台車の上でしゃがんで、前転の構えのようにお尻をつきだして小さくなった藤峰に梵鐘をかぶせると、班目は星野家へ台車を押していった。

「こんにちはー、『お気に召すまま』から、お届けものでーす」

藤峰には声しか聞こえないが、陽が庭から出てきたらしい。

「まあ、班目さん。どうしたんですか、これ」

「お菓子のおまけです。今日は庭でパーティーですか」

「ええ。お天気がいいので」

「じゃあ、これは庭に運びます」

「はい、お願いします」

門から庭まで続く敷石を乗り越えて、がたごと揺れる台車の上で、藤峰は中腰のまま踏ん張っている。藤峰とともに運ばれてきた板が梵鐘の下に差し込まれ、板の反対側に班目が乗って押さえる。梵鐘の動きに合わせて、きりきり痛む太腿の筋肉を鼓舞しながら藤峰は板を下りていった。

「じゃあ、俺はこれで。サプライズ、成功するといいですね」

「はい。がんばります」

梵鐘の中で正座した藤峰は荒い息が外に聞こえないよう、必死に深呼吸を続けている。

ごろごろと台車の音が遠ざかり、カシャンと門が閉まる音がした。

「透くん、遅いわね」

「ゼミが長引いてるのかな」

陽が弟の海《かい》と話しているところに、二人の両親も加わった。

「おじいちゃんとおばあちゃんは一度、家の中に戻ってもらう？」

「いや、それじゃ、透くんが帰ってきたときに間に合わないだろう」

星野一家が自分を待ちわびてくれていることに感激した藤峰は、思いきり両手を突き上げて立ち上がる。

「サプラーイズ……え？」

梵鐘から頭と両手をつきだして鐘型ロボットのようになった藤峰は前後左右を見回した。しかし、庭に人はいない。パーティーを開くような様子もなに一つない。ただ庭木と花壇に暖かな日差しがさんさんと降るばかり。

「え、みんなどこ……？　え？」

たった今、すぐ側で聞こえた声の主が一人もいない。藤峰は茫然《ぼうぜん》と立ちつくした。そのとき、突然に破裂音がした。

「うわあ！」

藤峰は腰を抜かして地面に転がった。

「サプラーイズ！」

頭上から元気な声が聞こえて見上げると、二階の窓から星野一家が揃って顔を出し、クラッカーの紙吹雪が降ってくる。

「み、皆さん」

「透くん、就職おめでとう！」

今度は拍手が降ってきた。藤峰はなにが起きたか理解できず、ぼうっと二階を見上げている。

「透くん、早く上がってきて。お祝いしましょ」

陽に声をかけられ、藤峰は身につけている鐘をばりばりと壊して一階のベランダから家に入った。そこに大きなスピーカーが設置されている。こんなもの今までなかったと首を捻《ひね》りながら二階に上がる。

自分が間借りしている部屋のドアを開けると、もう一度、クラッカーの紙吹雪を受けた。

「あの。皆さん、さっき庭にいましたよね？」

「ううん、違うんだよ、透兄さん。あれ、マイクを通した声だったんだ」

海が部屋の隅にあるマイクスタンドを指差す。陽がすぐ側にやって来て満面の笑みを見せる。

「サプラーイズ。驚いた？」

藤峰はがくがくと震えているのかと思うほど、何度も頷く。

「うふふ。じゃあ、パーティーを始めましょう。透くん、鐘を撞いて」

ご馳走《ちそう》がのったテーブルの中央に梵鐘の飴が置いてある。藤峰は堅焼きの撞木を取り、こん、と撞座を叩いた。それだけでは割れず、二度、三度と力を強くしていくが、なかなか割れない。

「透くん、思い切って！」

陽に応援されてガツンといくと、撞木サイズの穴が空いた。家族みんなが拍手する。

続けてあちらこちらと好きなように割っていき、藤峰は仏像を見つけた。

「大日如来《だいにちにょらい》！」

思わず伸ばした手で仏像を持ち上げる。

「毘盧遮那仏《びるしゃなぶつ》！」

次も取る。

「地蔵尊《じぞうそん》！」

最後の一つを手に取る。

「釈迦如来《しゃかにょらい》……！」

四体の仏像をテーブルに並べた藤峰は涙目で陽の両手を取った。

「陽さん、驚いた！　心の底から驚いたよ！」

「良かった」

陽は輝くばかりの笑みを見せ、家族は祝福の拍手を贈った。

＊＊＊

受話器を置いた久美は、イートインスペースにいる班目にピースサインを見せつけた。

「大成功だそうです」

陽からのサプライズ成功報告を聞いて、班目もほっとしたらしく、椅子の背もたれに寄りかかった。

「やっと肩の荷が下りた」

荘介がコーヒーを淹れてやり、久美が試食用に切っていた一口サイズの豆大福をテーブルに運んだ。

「お、今日はサービスがいいな、二人とも」

久美が慈愛に満ちた視線を班目に向ける。

「知ってますよ、班目さん」

「なにを？」

豆大福を口に放り込んだ班目に、荘介が優しく囁く。

「藤峰くんのＤＩＹ、タダにしてあげたんだってね」

コーヒーカップを持つ手を止めて、班目はそっと視線をそらした。

「就職祝いにタダ働きをしてあげるなんて。優しいね、班目は」

「おい、そういう嫌みを言うと、反撃するぞ」

「どんな？」

なにも思いつかなかったらしく、班目は話題を変えた。

「藤峰くんも変わり者だが、星野さんも相当、変わってるな」

「似た者同士でいいですね。今回のサプライズも、Ｏ・ヘンリーの『賢者の贈り物』みたいですよね」

久美の発言に班目は考え込んでから「どこが？」と尋ねる。その問いには荘介が答えた。

「貧しい夫婦がサプライズでプレゼントしようとしたために、どちらも自分が大切にしているものを手放してしまうところかな。自分の大切なものを手放してでも相手を喜ばせようとする気持ち、それが愛だよねっていう話だからね。ともに暮らしていて、相手のことを本当に心から想っていたら、同じような思考になるのかもしれない」

久美がうんうんと頷いて同意を示す。班目はうんざりといった顔で席を立った。

「最近のお前と久美ちゃん、思考どころじゃない。喋《しゃべ》ることまで似てきてるぞ」

バックパックを肩にかけて、さっさとドアを出ていく班目の背中を見送って、荘介と久美は顔を見合わせた。

「似てます?」

「さあ、どうだろう」

班目の言葉の真偽は定かではないが、考えも、使う言葉も、身振りも、なにもかも似てくるとしたら、それはとても幸せなことなのかもしれないと久美は思う。

「荘介さんもたまには博多弁で話してみてくださいよ。同じ言葉で話ができたら楽しかよ、きっと」

「考えておきます」

さらっとかわされることを見越していた久美は「わー、つやばつけとう」と博多弁で荘介の澄まし顔をからかった。

二十七年分の誕生日ケーキ

荘介が機嫌よく日課の放浪から帰ってきた。いつもなら小言を繰りだす久美も、荘介に合わせたかのように今日はとても機嫌がいい。

「久美さん、なにかいいことがありましたか」

荘介が尋ねると、久美はショーケースの奥のカウンターから予約票を一枚取りあげて差しだした。

「なんと、貸し切りのご予約でーす！」

予約票を受け取った荘介は不思議そうに予約票の裏表をしげしげと見つめた。貸し切りというわりに、予約票には何人分の準備をすればいいのかという情報がない。

「ご予約の遠近《とおちか》様は、何人でいらっしゃるんですか？」

「ご来店はお一人だそうです」

「ご注文は当日に。どんな注文でも対応できるように材料は極力集めておくように。不思議な話ですが、なにごとですか？」

久美はにこにこ顔を崩さずに予約票をもう一枚、差しだした。受け取って、荘介はまた表裏を何度も返して読む。小さな予約票の両面に、びっしりと仔細が書いてある。

「謎解きなんて、名探偵みたいですよね！」

ご機嫌な久美の言葉に荘介は軽く頷く。

「そのたとえはよくわかりませんが。とりあえず、ご依頼に合わせて、一通りのお菓子の下準備はしておきましょう」


荘介が思いつくままに準備した結果、予約当日の厨房はパーティーの準備をしているかのようにお菓子の素材であふれた。しかし来店したのは、本当に一人だけ。高級そうなスーツを着こなした、どこか威厳が感じられる二十代後半くらいの青年だ。

「おはようございます」

青年が発した律義な挨拶の声は、久美が電話で聞いたときよりハキハキしている。お菓子に大きな期待を抱いているのだと思い、久美は気合を入れて遠近斧彦《よきひこ》を出迎えた。

「いらっしゃいませ、遠近様。お待ちしておりました」

荘介もすぐに厨房から出てきて頭を下げる。

「本日はご予約ありがとうございます」

斧彦は二人に向かって深く頭を下げた。

「面倒な注文をしてすみません。どんなお菓子でも作っていただけると聞いて、ここなら と。ご迷惑かとは思いましたが、頼らせてください。よろしくお願いします」

「お気になさらないでください。お客様に必ずご満足いただけるお菓子を作るのが当店のモットーですから。どうぞ、あちらの席へ」

荘介に案内された斧彦は椅子に落ち着くと、抱えていた大きめのビジネスバッグから古風なアルバムを取りだした。厚さは十センチくらいで、寄せ書きなどに使う色紙より二回りほど大きい。深い茶色の革張りで、つやつやと光っている。久美はドラマで見るような社長が座る椅子の素材と同じではないかとあたりをつけた。

「これが弁護士から渡されたアルバムです」

斧彦はビジネスバッグから、名が通った地元企業の封筒を取りだし、そこから墨跡が黒々とした立派な文字が書かれた厚手の和紙を引きだした。

「父の遺書です。これが今回、注文したいお菓子なんです」

荘介は遺書をじっと見つめてから尋ねた。

「こちらは遺書であって、遺言書ではないんですね？」

「はい。遺言書ではないので法的な拘束力はなにもありません。ですが、この遺書を無視して父の会社を継ぐ気はありません。そんなことをすれば、父の思うつぼです。社内で私を快く思わない社員がますます離れていくでしょうから」

荘介は久美を手招いて隣に座るようにと促す。久美は椅子に腰かけて、遺書を覗き込んだ。そこには大きくこう書いてあった。

『俺が食べたい菓子を墓前に供えろ。それが会社を譲る条件だ』

日付と遠近幸芳《ゆきよし》という署名。書かれているのはたったそれだけだった。久美が顔を上げる。

「遠近さんは、お父さんのお好みのお菓子をご存じではないんですか？」

「好みなんて、ありえません。父はお菓子を毛嫌いしていた。私も幼い頃からお菓子を食べさせてもらったことはないんです。友だちの家でもらってこっそり食べても、バレて叱られました。おそらく友人の親御さんから聞きだしていたのでしょう」

斧彦はアルバムをずいっと荘介に押し付けるように差しだす。

「ヒントはこのアルバムだけです。自分で隅々まで調べたつもりなのですが、なにも見つからず、手詰まりなんです」

手詰まりと言いながら、斧彦に諦めるつもりはないらしい。きりっとした姿勢からやる気が感じられる。

「弁護士は、これを手渡すようにという指示しか受けなかったと言います。父は人を騙したり、フェアじゃない勝負を挑んだりする人間ではありません。答えはこの中にあるはずです」

斧彦からの熱い視線を受けて、荘介はアルバムに手を伸ばした。

「拝見します」

「どうぞ」

表紙をめくるとタイトルページに『遠近家の歴史』と筆文字で書かれている。幸芳の字だ。写真が貼られているのは次のページからだ。

一枚目は結婚式の写真。白無垢の新婦と、紋付き袴の新郎。二人が並んだ写真は四つ切と言われるサイズで、三十センチ四方ほどあり、細部までよく見えた。斧彦は父親似だと思われる。立派な鷲鼻《わしばな》としっかりした顎《あご》が特徴的だ。

その大きな写真の脇に、披露宴での様子を写したスナップ写真が何枚か貼られている。その中には、ウエディングケーキやコース料理のデザートなども写っている。

「このときはお菓子があるんですね」

荘介がぽつりと言うと、斧彦は「そのページだけです」と静かに答えた。

次のページは新築らしい家の前に並ぶ斧彦の両親。他にも家の周囲の風景や庭に作ってある家庭菜園、海辺、登山、動物園などで撮った写真が貼ってある。どの写真でも二人は仲睦まじい様子だ。

三ページ目は母親が赤ん坊の斧彦を抱きしめている写真。生まれたての斧彦は、手をぎゅっと握って泣いている。そこから二ページは赤ん坊の斧彦の写真であふれていた。裸ん坊でおむつを替えられているところ、授乳、お風呂、満開の笑顔。幸芳が斧彦のどんな表情も残しておきたかったことがはっきりとわかる。

次のページをめくると、中央よりやや下に、少し斜めに傾いて一枚だけ貼ってある。葬式の写真だ。祭壇には斧彦の母親の遺影。とても優しく微笑んでいる。黒い服の人々の中でそこだけが明るく、幸せだった時が止まってしまったのだと思わせた。

久美はちらりと斧彦を見てみたが、斧彦は静かにじっとページを見下ろしている。きっと何回、何十回と見た写真だろう。特別な感傷を抱いているようには見えなかった。

二ページ前の生まれてすぐの赤ん坊の写真のあと、ハイハイする姿やつかまり立ち、自分で食事をする姿など、かわいい盛りと言われる頃の写真は見られない。

それから斧彦はぐんと大きくなる。次のページの斧彦は三歳くらいだろうか。写真の中には斧彦だけで、撮影役に徹したのか父親が写っているものはない。

幼稚園入園、小学校入学、運動会や学芸会。家庭内のスナップ写真もある。斧彦が一人で料理に挑戦している写真、庭で工作をしている様子。どれも楽しそうで、父子の仲が良かったことがうかがえる。

誕生日のお祝い、クリスマスツリーが写り込んだパーティーの食卓。毎年、それらの写真が追加されていく。だがどこにもお菓子は写っていない。斧彦の父と同じように存在しないかのように振る舞い、意固地になっているかのようだ。

中学生、高校生。写真の中の斧彦から笑顔が消えた。思春期の少年が親に反抗したといった風情ではなく、目を伏せ、猫背で自信なさげだ。今、目の前にいる斧彦とは別人のようだ。

「その頃から」

斧彦がぽつりと言って、荘介と久美は顔を上げた。

「父は異様に厳しくなりました。私の一挙手一投足に文句をつけて、支配しようとしました。自分の会社を継がせようとしていることはわかっていましたし、私も子どもの頃から跡継ぎになるのだと思っていました」

一枚の写真を指差す。

「高校の入学式の日です。父は来ませんでした。父の秘書がやって来て、花束を渡され、写真を撮られました。それ以降の写真は父が撮ったものではありません」

久美はそっと尋ねてみた。

「お父さんとなにかあったんですか？」

「父は肝臓がんを抱えていたんです。死亡理由もがんです。それをずっと、死ぬ間際まで私に隠していました。秘密にするために、私が短期留学している時期に検査入院を入れたりもしたそうです」

「遠近さんに心配をかけたくなかったんですね」

「いいえ。父は私を信用していなかったんです。親がいないとなにもできない不甲斐《ふがい》ないやつだと思っていたんでしょう。その証拠が、今回の遺言です」

態度は変わらず紳士的だが、言葉の端々から抑えている怒りの大きさが垣間《かいま》見える。

「墓前に供えろと言うなら、なにを、とはっきり言えばいいのに、私を品定めしている。死後も父の支配下に置かないと我慢ならない。私が一人立ちするのが許せないんですよ」

荘介が黙ってページをめくる。高校時代の写真は友人と写っているものが数枚だけだ。斧彦が自分で撮って自分でアルバムに貼ったのだろう。父親が撮ったものは一枚もないようだ。卒業式の写真はない。荘介が顔を上げることを斧彦は見抜いていたようで、視線が合うとすぐに語りだす。

「高校の卒業式にも父の秘書が来ましたが、私は無視しました。それ以来、私の写真はアルバムに貼らなくなりました。父に見せることもありませんでした」

斧彦がそう言ったとおり、次のページからは父親の会社の二十周年記念の式典の写真や、成績優秀社員の表彰式など、社史のようになっていた。もちろん、それらの中にもお菓子はない。

一通り見終わってアルバムを閉じ、荘介と久美は顔を見合わせた。斧彦の人生にお菓子の一かけらも見つけられなかった困惑が顔に浮かんでいる。

「遠近さんは写真を見て、お菓子につながる記憶などありませんか」

荘介の質問に斧彦は首を横に振った。久美が身を乗りだして尋ねる。

「あの、お菓子を食べなかったんでしたら、おやつはなにを召し上がっていたんですか？」

斧彦は小さくため息をついてから答えた。

「おにぎり、サンドイッチ、スムージー。家政婦の手作りで、栄養には気を配ってあったようです」

「スムージーって、お菓子に入りませんかね」

小声で久美が聞くと、斧彦は荘介に「どう思いますか」と質問を投げかけた。

「僕は飲み物だと認識しています」

「う……、すみません。聞いてみましたが、私もドリンクだなと思っています」

斧彦は気を使っているようで、微笑を浮かべた。

「幼い頃は甘いというだけでも嬉しかったですから。私にとってはお菓子に代わるものでした」

「家政婦さんのおやつはいつまで続いたんですか?」

荘介がメモでも取りそうな真剣さで身を乗りだす。

「中学生からは家庭教師が毎日来ていたので、その休憩時間に家庭教師と一緒に食べていましたね。そんな日が高校卒業まで続いていました」

久美がおそるおそる小さく手を挙げて質問する。

「あの、毎日家庭教師って、毎日ですか?」

「そうです」

「週七日ですか?」

「はい。三人の家庭教師がローテーションで来ていました」

同情しているのか、久美の表情が曇る。

「勉強がお休みの日は?」

「ありません」

ますます久美の声は弱々しくなっていく。

「お正月は？　先生もお休みしたいですよね」

「正月にも稼ぎたいという家庭教師がいましたから。苦学生だったので、お年玉がもらえる正月はぜひとも担当したいと言っていました」

「一日も休まず勉強漬けって、疲れませんでしたか」

「他にすることもありませんでした。父の監視は、お菓子のことだけじゃなく、友人選びや趣味嗜好にまで及んでいましたから」

斧彦が話すのをやめ、久美が黙ってしまうと、店内にはしんとした冷たい空気が流れているように感じられた。斧彦の子ども時代に幸せはあったのだろうかと久美は疑問を持ったが、さすがに直接尋ねる大胆さは持っていない。

「遠近さんの青春時代は楽しかったのでしょうか」

荘介がさらりと尋ねて、久美は度肝を抜かれた。しかし、斧彦はとくに気にするそぶりもない。

「他人と比べれば窮屈だったかと思います。ですが、私の人生はこのようなものです」

斧彦はアルバムを指し示した。

「不満や憤りを通り越すと、頭も心も諦めに支配されます。私はなにもかも諦めて生きていました。人間らしい生活をしたのは、大学に入学して一人暮らしを始めてからです」

「お父さんの側から離れたんだったら、やっとお菓子が食べられましたね」

「いえ、私はすっかりお菓子に興味を持てなくなっていました。友人に勧められて一口食べてみても、特段、美味しいとは思えませんでした」

荘介は首を捻って尋ねる。

「そのときは、どんなお菓子を召し上がったんですか？」

「クッキーとチョコレートケーキです。話題の洋菓子店のものだと友人が勧めてくれたのですが、良さがわからなくて」

再びやって来た冷たい沈黙に、斧彦ははっとした様子で急いで付け加えた。

「すみません、お菓子屋さんの前で……」

「いえ、どうか謝らないでください」

荘介が毅然《きぜん》とした姿を見せる。

「今回のお菓子がお気に召しましたら、次は遠近さんのお口に合うお菓子を作らせてください」

斧彦の表情がゆるむ。今までの気難しい感じが消えて、年相応の明るい笑顔だ。

「ぜひお願いします。じゃあ、早く答えを探さないといけませんね」

荘介と久美は頷いて、もう一度アルバムに見入った。

今度はゆっくりと、疑問に思ったことを質問しながら検分していく。荘介は小学生の斧彦が工作している写真を指差した。

「家庭菜園は遠近さんが小学生のときにはなくなっていたんですね」

「はい。私は見たことがありませんし、庭もフラットで、菜園があった形跡もありません」

ページをめくり、斧彦が生まれる前の家庭菜園の写真に戻る。色とりどりの作物を一つずつ確認する。

「作られていたのはハーブとベリー類、ナスとスイートコーンのようですね」

「そうです。園芸家の方に確認してもらいましたが、間違いありません。ベリーはブルーベリー、ラズベリー、ブラックベリーだそうです」

「どれも夏のものですね」

「はい。この写真は七月頃だろうということでした」

久美は写真を見つめながら「どっさり」と呟いた。

荘介がアルバムから顔を上げた。

「なんて言いました？　久美さん」

「え、いえ。ベリーがどれも豊作だなと思って。こんなにどっさりあったら、毎日もりもり食べなきゃいけませんね」

「そうですね。おすそ分けするか、保存するか……お菓子にするか」

荘介の意見を、斧彦が即座に否定する。

「父はお菓子に興味がありませんから、その可能性はないでしょう」

「お母さんはどうだったんですか？」

久美は尋ねてしまってから母親の葬儀の写真のことを思いだし、口をぎゅっと結んだ。

「私には母の記憶がありません。父に聞いても話してくれたことはありません。忘れろと言われるばかりで。私は母のことを、このアルバムの写真以外なにも知らないんです」

久美は返事もできず、荘介は丹念にアルバムを点検していく。幼児時代、小学生、中学生時代。父親は姿を現さず、写真の中にいる斧彦は一人きりだ。まるで独りぼっちで生きてきたかのように見える。

社史のようなページをめくると、次に空白の見開きページが出てきた。その二ページに写真を貼った跡はない。だが、最後のページが平らでないことに荘介が気づいた。

「この台紙、中央がほんの少しだけ膨らんでいます」

差しだされたアルバムのページを指でたどって、斧彦はその膨らみを確認した。

「このサイズ、写真が挟まっているのでは……」

　ページをぱたぱたと動かしながら仔細に観察した斧彦は、勢いよく顔を上げた。

「カッターナイフかはさみを貸してください。切ってみます」

　久美がカッターナイフを渡すと、斧彦は厚みのある台紙の天辺を裂くように刃を差し込んだ。見た目ではわからなかったが一度切り開かれたのだろう。刃は力を入れずともスッと横に引けた。ページの三辺に刃を滑らせると台紙はきれいに二枚に剝がれ、その台紙の裏からは斧彦が言ったとおり、一枚の写真が出てきた。久美が首を伸ばして斧彦の手許を見る。

「赤ちゃん。遠近さんですよね」

　写っているのは赤ん坊で、何枚かあった斧彦の生まれたての姿と同じ子だとわかった。

「病院で撮ったんですよね、この写真」

「そうでしょう。点滴も酸素マスクも付けていますから」

　久美が尋ねると、斧彦は早口で答えた。手がかりを見つけて興奮したらしい。

「大きな病気をしたとか、事故に遭ったとか、そんなことがありました？」

「いえ、聞いたことはないです。もちろんこの頃の記憶はありませんし。なんだろう、これは」

斧彦が黙り込むと、腕組みして考え込んでいた荘介が口を開いた。

「かかりつけの小児科はありましたか？」

「はい、それはあります。今も娘を診てもらっているのはそこです」

「この写真を撮った頃の主治医が今も勤務されていたら、くわしい話を聞けないでしょうか」

はっとした斧彦はすぐにビジネスバッグからスマホを取りだして、電話をかけるため店の外に出た。

「遠近さん、きっちりした方ですね。貸し切りだから店内で電話してくださっても大丈夫ですけれども」

「身についたマナーなんでしょう」

「マナーはお父さんに教わったんでしょうか」

「そうかもしれませんね。マナーというのは、子ども時代からの生活によって、深いところに根付くものですし」

二人でうんうんと納得しあう。斧彦を待っている間に久美は気分が変わっていいだろうと、煎茶を淹れてみた。

電話を終えて戻ってきた斧彦は、途方にくれたというようなぼんやりとした顔をしていた。

「主治医の先生とお話しできましたか？」

久美がお茶を出すと、斧彦は軽く頭を下げて茶碗を受け取ってから話しだす。

「看護師長が覚えていてくれました。やはり、私は二十六年前、一歳のときにそこの病院に入院していたことがあったらしいです」

迷い悩んでいる様子の斧彦を急《せ》かすことなく、荘介と久美はゆっくりと待った。

「ボツリヌス菌中毒だったそうです。蜂蜜を食べた乳児が発症することがあるそうですが、そのときは蜂蜜を食べていなかったと。原因は家庭菜園の作物だったということでした」

「家庭菜園も原因になるんですか？」

久美の質問には荘介が答えた。

「土中にボツリヌス菌の〝芽胞《がほう》〟と呼ばれる、毒素を産生する物質が分布していることがあります。百二十度で四分以上の加熱、あるいは水分量を低くするか酸性度を高めることで芽胞が毒素を吐きだすのを止めることができます」

「検査の結果でははっきりしなかったそうですが、私の一歳の誕生日ケーキに使われた手作りのベリーのソースが原因ではないかという話でした」

荘介が腕組みする。

「僕はフルーツソースによる食中毒という可能性は低いと思います。ジャムやマーマレードと同じような糖度と酸性度を持ちますし……」

「可能性は高くないけれど、あるんですか」

斧彦の強い視線を荘介はしっかりと受け止めた。

「糖分を控えて加熱時間を短くすれば、ありえなくはないでしょう。検査で他の原因が確定されなかったせいで疑惑がそこに向いたのでしょうね」

斧彦はもう一度、今度は挑むようにして尋ねた。

「父はそれが原因で菜園を潰したんでしょうか」

久美は荘介の顔をちらりと見た。荘介は珍しく言葉に窮したようで、しばらく黙っていた。

「そういう可能性もあるでしょう」

「店長さんは、どう思っているか、教えてください」

にらむように見据えられて、荘介は迷いを捨てたようだ。はっきりと答えた。

「家庭菜園をやめたのは、ボツリヌス菌の中毒が原因だと思います」

「私のせいですね。幸せそうだった両親がアルバムから消えたのは」

暗くなった斧彦の表情を見て、久美が慌てて言う。

「遠近さんのご両親も、そう思ったんですよ」

斧彦と荘介の視線を受けて久美は少したじろいだが、斧彦に訴える力がその言葉にはあふれていた。

「遠近さんが病気になったのは、家庭菜園を作ったせいだ、手作りのフルーツソースを作ったせいだ。ご両親はそうやって自分を責めて苦しかったはずです。それを知って遠近さんが傷つかないように写真を隠したんじゃないですか？　お父さんの辛さも一緒に隠したんじゃないでしょうか」

二枚に裂かれた台紙がずっと隠してきたのは、斧彦を苦しめてしまったという幸芳の罪悪感。

「父はこの写真を私に見せたくなかった……？」

斧彦が自問するのを荘介と久美は黙って見守った。考えがまとまらないらしく、斧彦は額に手をあてて小声で呟いている。

「病気の原因が自分かもしれないから？　それで辛くて写真を隠して、私にはなにも知られないように病気も隠して。今度は見つけろって？　なんだ、それ」

深いため息をついて顔を伏せてしまう。長い沈黙があった。

「……もう、いいです」

もう一度、ため息が聞こえた。

「父がなにを考えてたか、そんなこと知らなくていいです。会社を継ぐとか継がないとか、そんなこともどうでもいい」

斧彦は膝に両手をついて頭を下げた。

「ご迷惑をおかけしました。材料費は全額お支払いします。できたら今からでも、誰かのためになにかお菓子を作ってお店を開けて……」

「いいんですよ、遠近さん」

久美が言うと、斧彦は頭を上げた。

「材料費はお菓子を作った分だけいただきます」

「いや、しかし材料を揃えてもらうというのも予約のうちですし、それにお菓子はもう必要ないから……」

「作れますよ。ご予約いただいたお菓子を」

荘介が言うと、斧彦は驚いたような恐れているような複雑な表情を見せた。その表情が和らぐようにと、荘介は優しく微笑む。

「お父さんが召し上がりたかったお菓子、遠近さんも、もうおわかりじゃないですか？」

斧彦は無言で席を立った。荘介は穏やかに続ける。

「本当はお父さんのことを尊敬していますよね。お父さんは人を騙したり、フェアじゃない勝負を挑んだりする人間ではないとおっしゃっていました」

斧彦は一瞬立ち止まったが、またドアに向かう。置き去りにされたアルバムを渡そうと久美が抱えると、入院中の斧彦の写真がはらりとテーブルに落ちた。

「遠近さん！」

大声で呼ばれて斧彦が振り返る。呼び止めた久美は目を丸くして写真の裏側を見ていた。斧彦は戻ってきて裏返しになった写真を手に取る。その手がふるふると震えた。

「なんだよ、なんで今頃……。遅いんだよ」

ぽとりとテーブルに置かれた写真の裏には『すまなかった』と一言、弱々しい筆致で書いてあった。斧彦は文字を指でたどる。そこに込められた感情を読み取ろうとしているかのようだ。

「……お願いします」

斧彦は荘介と久美の目をそれぞれ見て、頭を下げた。

「俺が一歳の誕生日に食べたケーキを作ってください」

「お任せください」

荘介は軽やかにお辞儀した。


作っておいたスポンジケーキ生地を使って誕生日ケーキを作る。きっと親子三人分、小さなサイズだったろう。そこに肝心のベリーのソースを挟む。ジャムは各種作っておいたが、フルーツソースは短時間でできるため作り置きはしていない。

鍋にブルーベリー、ラズベリー、ブラックベリーと、砂糖、レモン汁を入れて火にかける。糖度と酸性度は高めにしておく。

沸騰したらアクを取り、五分ほど煮て粗熱を取る。

冷ましている間に、どんなサイズでも対応できるように大きく焼いておいたスポンジ生地から、必要な分だけ丸く切りだす。

上下二段になるようにスポンジ生地を切る。

砂糖を加えた生クリームを泡立てる。

冷めたフルーツソースをスポンジでサンドして、全体を生クリームで覆う。

生クリームを絞りだしてケーキの側面に、ナスとスイートコーン、ベリーがたわわに実った様子を壁画のように描く。

ゼラチン、水、砂糖を熱してナパージュを作り、三種のベリーに塗って光沢を出す。ケーキにブルーベリー、ラズベリー、ブラックベリーをたっぷりと飾り、イタリアンパセリで彩りを添える。


荘介がケーキを持って店舗に移動すると、斧彦はテーブルをぼんやり見つめていた。久美はショーケースの裏に立って、コーヒーを運ぶタイミングを見計らっている。

「おまたせいたしました」

荘介が言うと、斧彦は考えに耽《ふけ》っていたのか、のっそりと顔を上げた。

「ご注文の、一歳の誕生日ケーキです」

斧彦はしばらくケーキをじっと見つめた。

「なんですか？　この林立したビスケット」

ケーキの上には〝1〟という形のビスケットがずらずらと、生クリームにしっかりと固定されて立っていた。

「一枚が一年分、全部で二十七枚あります。お父さんが遠近さんに食べさせてあげたくてもできなかった、二十七年分の思いを凝縮したケーキです」

「父は私にケーキを食べさせたかった……。本当にそう思いますか？」

「はい。できたら、お父さんも一緒に食べたかったのでしょうね」

荘介が言うと、斧彦は「あ」と言ってスマートフォンを取りだした。

「忘れるところだった。写真を撮ります。弁護士に報告しないと」

斧彦はケーキの前方、右方、左方から三枚の写真を撮り、文章と一緒に送信したらしかった。久美がコーヒーを出すと、斧彦は軽く頭を下げて一口飲んだ。

「ああ、なんだかスッキリしました」

その言葉を聞いたせいか、久美には斧彦の口角が少し上がって笑顔に近づいたように見えた。

「あの、もし間違っていたら、また作り直し……」

「いいえ、いいんです」

斧彦は全部聞く前に久美の言葉を遮った。

「このケーキが私にとっての正解です。目の前に出てきて驚いて、嬉しくて、人に自慢したくなって、わくわくして。子どもの頃に思い描いていた誕生日ケーキ、そのものです」

久美は荘介を見上げる。荘介は微笑み、嬉しそうだ。久美が一人でやきもきしていると、斧彦のスマホがメールの着信を告げた。

「弁護士からです。すみませんが、ここで」

「はい、どうぞ」

荘介と久美はショーケースの裏に移動して、静かに立った。斧彦はスマートフォンの画面をじっと見つめている。スピーカーから音声が出ているらしいが、斧彦は話さない。しばらくすると音声が途切れた。斧彦は肩を震わせて顔を伏せている。

「見てください」

震える声で呼ばれた荘介と久美は斧彦の側に寄っていく。斧彦は顔を伏せたままスマートフォンを二人の方に差しだした。

「弁護士から送られてきた動画です。お二人に見てほしいです」

椅子に腰かけた荘介がスマートフォンを操作し、久美と二人で画面を覗き込んだ。そこには病院のベッドに横になった男性の姿があった。まだ還暦手前だろうに、痩せ細り肌の色も悪い。その男性が口を開いた。

「正解を見つけてくれたんだな。直接言えなかった。無視されたらと思うと怖くてな。だからいろんなことをお前に話せないままだ。だが、これだけは言っておきたかった」

男性は言葉を切った。息をするのも辛そうだ。だが、次に口を開いたときの笑顔は、明るい陽光のもとでくつろいでいるかのように穏やかだった。

「斧彦。誕生日、おめでとう」

「ありがとう、父さん」

　斧彦は呟くと手のひらで目を擦《こす》った。


「遠近さんとお父さん、すれ違っていただけだったんでしょうね」

　昼から開店すべくお菓子作りに専念する荘介の側で、久美はあまった材料で作った小さなベリーのケーキを食べていた。名残り惜しそうに最後の一口を見つめている。

「すごく美味しいのにもうなくなっちゃいます。ベリーソースの甘さと、生のベリーの酸味の差がすごく際立ってます。ベリーの力を最大限に引きだしてるんですね」

　ケーキを大切に嚙みしめて食べ終わった久美は、斧彦がケーキを墓前に供えているところを想像した。

「遠近さんはお父さんの気持ちを知ることができたんですよね。お父さんも、遠近さんのことを理解していたんでしょうか」

「そうだね。だからこそ今回のように、遠近さんのプライドをかけて受け取らざるを得ないように、謎解きのようなことをさせたんだろうね」

「回りくどいですよね」

「そうしないと遠近さんは話を聞いてくれないとわかってたんでしょう。お父さんにずいぶん反発していたようだったから」

荘介は出来立てでほかほかのカスタードクリームをスポンジケーキにのせて、久美に渡してやる。久美は大喜びで食べてしまうと両手を合わせて「ごちそうさまでした」と頭を下げた。

「反発って、嫌いじゃないってことですよね。嫌いだったら順発だもん」

荘介は仕事の手を止めて久美のセリフを反芻《はんすう》しているのか、三度頷いた。

「順発。新しい日本語ですね」

「はい。『できるだけ使わない方がいい日本語』として、斉藤久美語録に登録しました」

「それはいいね」

「えへへ」

誰もが反発しあっても、いつかわかりあえるようになる。そんなお菓子を作る荘介を、久美はますます誇りに思った。

プロポーズの市松模様

久美は困っていた。

「店長が戻る時間はわからないんです」

久美を困らせている男性は、さらに困ることを言い募る。

「電話して呼び戻してくださいよ」

「携帯電話を持っていっておりませんので」

「えー、そんな。今どき、そんな人見ないよ」

久美だって、そんな人は荘介以外に見たことがない。だが、荘介が持っていかないのだから、どうしようもない。まさか盗聴器を仕込むわけにもいかない。

「どこへ行ったかもわからないの？」

「申し訳ありません」

「えー、わけわかんないよ」

男性は頭をガリガリと掻《か》く。きれいにセットされた髪がざんばらになっていくことにも気づかないようだ。三十代後半ぐらいの普段ならスタイリッシュであろう男性だ。だが今は外見を気にすることができないほど、相当困っている。

「とにかく、店長が帰ったら注文を通しておいてくださいよ。彼女を幸せにできるお菓子ですからね。お願いしますよ」

早口で言いながらスーツのポケットから名刺入れを取りだし、ショーケースに勢いよく名刺を一枚パンッと音を立てて置くと、ドアへ向かう。

「あの、どちらへ？」

「婚約指輪を買いにいきます。今夜、プロポーズするんで！」

後半はドアベルの音に紛れてよく聞こえなかったが、とにかく大変な案件だということは理解できた。

「店長、早く帰ってきて……」

久美は両手を組んで祈った。


だが、願いは大抵かなわない。先ほどの男性客、柴田《しばた》孝雄《たかお》が戻ってきたとき、荘介の姿は未だなかった。

「お菓子、できてます？」

ものすごい勢いでドアを開けて駆け込んできた孝雄は、息を切らして必死の表情だ。

「すみません、まだ店長が戻っていなくて……」

「なんでー！　お菓子は作ってもらえないし、指輪はちょうどいいサイズがないし、電車は事故で止まるし、会社に忘れ物してきたし、雨も降ってきたし」

「雨が降ってるんでしたら、店長も帰ってくると思います」

孝雄は両手を大きく広げたオーバーアクションで、お手上げであることを伝えた。

「時間がない！　もう出発しなきゃ、彼女との待ち合わせに遅れちゃうよ」

「どうしても今日じゃないといけないんですか？」

「転勤まで間もないのに明日から急な出張で。今日を逃したら次はいつ会えるか。もうなんでもいいから、なにか縁起のいいお菓子ないですか」

プロポーズのための縁起のいいお菓子。久美は慌ててショーケースを端から端まで確認した。

「フランクフルタークランツはどうでしょう」

ショーケースに身を乗りだして、白いリング状のホールケーキを指差してみせる。

「冠をかたどったケーキですが、当店ではマジパン細工のお花をあしらっています。花嫁さんのティアラみたいでかわいいと思います！」

孝雄は細かく何度も頷いて聞いている。

「なるほど。他には？」

「こちらのダブルマカロンもお勧めです。片側はピスタチオ、もう片側はフランボワーズで、二つのフレーバーを一緒に味わえます。上下を替えると味わいが変わります。恋人同士、表裏一体というかですね、えっと、なんというか」

「他には？」

早口で急かされると頭が回らないものだ。久美は荘介が作り上げたオリジナル菓子を端から紹介しようとした。

「フィンスターニス、チョコレートでコーティングした淡雪です」

「淡雪って？」

「卵白と寒天で作るお菓子です。ふわふわして、口の中で溶けます。表面に金粉で描いた月が、暗いときでも食べた人を導くようにという思いでできたお菓子で……」

集中して耳を傾けていた孝雄だが、ふと我に返ったように腕時計を見た。

「あ！　遅れる！」

あわあわと口を開けたり閉めたりしてお菓子に視線を走らせていたが、どうにも選べなかったようだ。

「今の三つ、全部ください！」

「はい！　ありがとうございます！」

孝雄の迫力にあてられたように久美も大きな声で早口で返事をする。包装もフル回転で行い、渡す商品はすぐに用意できた。紙袋を受け取った孝雄はそのままドアに向かって駆けだす。

「お客様、お会計を！」

久美が叫ぶと孝雄は取って返して、お札を数枚ショーケースに放りだした。

「お釣りはどこかに募金してください！」

「え！　そんな、困ります！」

孝雄は久美の声も聞こえないのか、ガランガランと音高くドアベルを鳴らして駆けだしていく。

「えええええー……」

困り果てた久美の声は誰にも届かず消えていった。


「もう！　放浪しないでお店にいてくださいって、何度言ったらわかるんですか！」

ドアを開けて荘介が入ってきた瞬間、久美は顔を真っ赤にして怒鳴った。

「今日は本当に危機的状況だったんですからね！」

あまりの剣幕に呑まれた荘介は、子どものように「ごめんなさい」と頭を下げた。

「それで、なにがあったんですか」

久美は孝雄の名刺を差しだし、プロポーズの準備が捗《はかど》らなかった孝雄に対する同情を話して聞かせた。

「それは申し訳ない。今からでも連絡して……」

「今頃はデート中ですよ。お邪魔にしかなりません。それより、申し訳ないと思うなら、放浪はやめてください」

「はい、すみません」

心底、反省したように見える荘介のしょんぼりした顔に、ひとまず腹立ちは収まり、久美は今日のお説教はここまでにすることにした。


翌朝、『お気に召すまま』の十時の開店に合わせて、久美がてきぱきと準備を進めていたところ、ドアをガンガン叩く音がした。驚いて振り向くと、孝雄が鬼のような形相でドアを叩いている。久美が慌てて鍵を開けると、孝雄は店に転がり込んできた。

「どういうことなんだ！　全然、縁起良くなかったぞ！」

「え、え、え、なんでしょう」

「昨日のお菓子。彼女はどれも食べてくれなかったよ！　あのお菓子じゃ幸せになれないって言われたんだ。どういうことだよ！」

「どういうことと言われましても……」

騒ぎを聞きつけて厨房から出てきた荘介を、孝雄が目を三角にしてにらみつける。

「あんたが店長か！　なんで今日はいるんだよ！」

「なんでと言われましても」

「昨日、あんたがいなかったから……、いや、この店のお菓子が魅力的じゃないから、彼女は食べてくれなかったんだよ！」

荘介は目をぱちぱちと瞬《しばたた》いて孝雄の怒り顔を観察している。孝雄の言葉にカチンときた久美が、負けじと早口で応酬する。

「当店では、お客様にご注文いただいたお菓子はなんでも作ります。ですが、事前にご予約いただいてるんです。当日では材料がないこともあるし……」

「もういいよ」

孝雄は深く息をはいた。言いたいことはすべて言い終わったのか、しぼんだ風船のように弱々しくなってしまった。

「お菓子に頼ろうとした俺が馬鹿だったんだよ。そんなことでどうにかなるなら、とっくに彼女を口説き落とせてたんだ。何度、結婚の話をしようとしてもかわされてたのは、俺のことを好きじゃなかったからなんだ」

しょんぼりと肩を落としてドアに向かう孝雄に、久美がそっと声をかける。

「あの、柴田さん」

「え……？」

呼び止めてもらえたのが嬉しいのか、孝雄は救いを求めるような、まぶしいものを見るような目で振り返る。

「お釣りをお渡ししますね」

「……はい」

孝雄は悲しそうに目をしょぼしょぼさせた。

久美が会計をしている間に、荘介が孝雄に向きあう。

「柴田さん、昨日はご依頼をお受けできず、申し訳ありません」

「もういいんです」

目を合わせることなく孝雄は言うが、荘介はぐいぐい迫る。

「もう一度、ご注文いただけませんか。柴田さんの恋人が幸せになれるお菓子、必ず作ります」

「いや、本当にもう。駅に向かわないといけない時間ですし、彼女とは会う機会もなくなってしまいますから」

久美がそっとお釣りを差しだすと、孝雄もそっと受け取った。

「当店ではイートインもできます」

荘介が言うと、孝雄は不思議そうに奥のテーブルと椅子に目をやった。

「それが、なにか」

「柴田さんからお伝えいただいて、当店にお越し願えないでしょうか」

「お越しって……、玲実《れいみ》に？」

「幸せになれるお菓子、柴田さんからの贈り物を必ず召し上がっていただきます」

力強く言いきった荘介には静かながらも迫力があり、孝雄は思わず頷いた。


予約の電話は孝雄の恋人、高坂《こうさか》玲実から直接かかってきた。注文を聞いた久美は驚いて聞き返した。

「柴田さんがプレゼントしようとしたのと同じお菓子でいいんですか？」

「はい。とっても美味しそうだったから、食べてみたくて」

「本当にいいんですか？　それで」

「はい」

玲実は来店の日時を告げて電話を切った。久美は首を捻りながら受話器を置く。放浪に出るべく、ドアを開けようとしていた荘介が振り返った。

「どうしたんですか、久美さん」

「柴田さんの彼女さん、あの日と同じ三種類をご注文くださいました。美味しそうだったからって」

荘介はとくに疑問を感じていないようだ。

「そうですか」

「柴田さんはお菓子が魅力的じゃなかったから食べてもらえなかったって言ってましたけど。話が違うじゃないですか」

久美は拗ねたように唇を尖らす。

「なにか事情があるんだろうね。とにかく、ご予約の日は美味しく召し上がっていただけるよう、準備します」

「その日は」

久美はドアの側まで走りより、荘介の鼻先に指をつきつける。

「絶対、店にいてくださいよ！」

「はい……」

荘介は小さく小さく肩を縮めた。

＊＊＊

「こんにちは」

カランカランという音に振り返ると、長身で細身の女性が立っていた。くりっとした大きな目とショートヘアが印象的だ。孝雄と同年代だろう、三十代後半ぐらいに見える。

「予約した高坂です」

「いらっしゃいませ、お待ちしておりました」

ショーケースの裏から久美が出ていくより早く荘介が厨房から出てきて、玲実をイートインスペースに案内した。椅子に腰かけて荘介を見上げた玲実は申し訳なさげだ。

「柴田が、先日は失礼しましたと申しておりました」

「いえ、とんでもありません。柴田さんのご期待に添えなかったのは当店の落ち度ですから、お怒りもわかります」

驚いた様子で玲実が尋ねる。

「怒っていたんですか？　柴田が？」

久美がコーヒーを出すと玲実は小さく頭を下げた。その美しい所作を見ると、なにやら申し訳なさがふつふつと湧いてきて、久美は最敬礼で謝る。

「申し訳ありません！　私がもっと高坂さんのお気に召すお菓子を選んでいたら、柴田さんが怒るようなことにはならなかったんです」

「いえ、ちょっと待って。本当に柴田は怒っていたんですか？　どういう風に？」

荘介と久美は玲実がなにを聞きたがっているのかわからず顔を見合わせたが、とにかく端的に説明しようと久美が口を開く。

「えっと、怒鳴り込んできたと言いますか、すごい勢いでドアを開けて、どういうことなんだ！って大声で」

「大声で？　あの人が？」

「すぐに、しょんぼりしてしまいましたけれど」

玲実は椅子の背にもたれて呟く。

「そういう姿を見せてほしいのに」

しばらく俯いていたが、玲実は思い切ったように顔を上げると、明るい表情を見せた。

「お菓子をお願いします」

荘介は黙って頷くと、ショーケースの裏に回った。久美もテーブルの側から離れようとしたが、玲実に呼び止められた。

「彼のことなんですけど、お菓子のこと、なにか言ってましたか？」

「ええっと、あの、お持ち帰りになったお菓子じゃ幸せになれないって言われたとか」

口ごもった久美に、玲実は「他には？」と優しく促す。

「お菓子が魅力的じゃないから、高坂さんが食べてくださらなかったと」

玲実は楽しそうに頷いている。久美は思い切って直球で聞いてみた。

「やっぱり、そうなんですか？」

「いいえ、とっても美味しそうだったし、ぜひ食べたかったんです。だから今日来たんですし」

久美が次の質問をしていいものかどうか迷っているうちに、荘介がお菓子をのせた皿を運んできた。

「わあ、やっぱり美味しそう」

三種のお菓子を、玲実はキラキラした目で見つめる。

「いただきます」

フォークを取り、いそいそとフランクフルタークランツを口に運ぶ。

台形に切り分けられた白いケーキは、スポンジケーキをバタークリームで包み込み、色とりどりのマジパンで作った小花を散らしてある。

「軽い口どけでふんわりしてる。見た目だともう少し硬いのかと思ってました」

「こちらはドイツのお菓子でフランクフルタークランツという名前です。フランクフルトの冠という意味で、当店では花をあしらって花冠にしています」

玲実は楽しげに頷いてぺろりとたいらげた。

次は色鮮やかなマカロンに手を伸ばす。

「このマカロン、不思議ですね」

ダブルマカロンは生地の色が上下で違う。片面は緑、片面は赤だ。

「どちらを上にするかで味わいが変わります。それぞれピスタチオとフランボワーズの生地です」

ぱくりと半分口に入れて「美味しい」と目を丸くし、次は上下を返して嚙みしめる。

「本当、違うお菓子を食べているみたい」

最後にフィンスターニス、『お気に召すまま』のオリジナル菓子に向かう。

ブラックチョコレートでコーティングされた黒い淡雪は、口どけはさらりとするが、口に入れるまではしっかりと正方形の形を保つ。天面に金粉で描かれた月が輝いて、心を照らしてくれるようだ。

「うわあ、ふんわり溶けちゃう」

玲実は口の中でしゅわりしゅわりと溶かしながら、ほとんど噛まずに食べ終えた。

「ごま味で、山椒《さんしょう》の風味がしますね。見た目と違って和風な感じ。これなら彼も無理せず食べられたんじゃないかな」

皿を下げようとした荘介が手を止める。

「柴田さんは洋菓子が苦手でいらっしゃるんですか」

「本当はそうなんです。でもそれを私には隠してるというか、うまく隠せているつもりなんですよ」

コーヒーのお代わりを差しだした久美が尋ねる。

「隠して、どうするんですか？」

「私に合わせて、無理して洋菓子を食べるんです、私が餡子《あんこ》が苦手だって言ったときから。彼は乳製品が苦手なのに、無理して洋菓子を食べるようになっちゃって。本当は黒餡が好きなのに」

玲実は軽くため息をつく。

「なんでも私に合わせてくれるんです。自分の好みとか、こだわりとか全部どこかに押しやって」

「もしかして、プロポーズを断った理由はそこなんでしょうか」

思わずプライベートなことに口を挟んでしまった久美だが、玲実は気にしたそぶりもなく話し続ける。

「そこが大きいです。どんなことに怒るのか、なにが嫌なのか、どんなことを悲しいと思うのか、私に教えてほしいんです。だからわざと怒らせるようなことをしてみたりもしたんですけど、絶対に表情を変えなくて。私は彼の笑顔しか知らないんです」

皿を抱えたまま立っている荘介が「寂しいですね」と言うと、玲実は頷いた。

「負の感情も大切な彼の一部なのに、私には見せられないと思っている。それって私が信用されていないということでしょう。彼が完璧な紳士でいなければ嫌いになるような、そんな人間だと思われてるんだなって」

孝雄の努力が、玲実にとっては距離を感じる行動でしかないのだ。すれ違う気持ちに同情して、久美が言う。

「それでも、高坂さんは柴田さんのことが好きなんですね」

玲実はこくりと頷く。

「好きなら、プロポーズを受けてもいいんじゃないですか？　結婚したら変わるかも」

今度は玲実は首を横に振った。

「彼は私を幸せにしたいとずっと言ってくれていました。でも、私は二人で幸せになりたいんです。彼が我慢を続けるような生活は嫌なんです。お菓子を受け取らなかったのは、そのことに気づいてほしかったから。だけど、彼は諦めてしまって」

荘介が皿をかたづけにいったが、久美は玲実の側から離れられず立ちつくした。玲実は久美の気遣いに気づいて微笑みかける。

「お会計をお願いします」

「あの！　その前に、当店のモットーを聞いてください」

「モットー？　なんですか？」

「注文されたお菓子はなんでも作るというものです。どんな国のお菓子でも、ただ夢に出てきただけのお菓子でも、誰かの凝り固まった気持ちを解きほぐすお菓子でも。ご入用のお菓子はありませんか？」

荘介からプロポーズされたとき、久美は世界が変わって日常も新しくなるように感じた。二人で大切な、新しいお菓子を作っていける、そう思った。玲実にもなにかあるはずだ。プロポーズの言葉を聞いて変わったなにかが。

荘介が戻ってくると、久美は場所を譲った。玲実は荘介を見上げる。

「彼を変えるお菓子は作れますか？」

荘介は首を横に振る。玲実は肩透かしを食らってきょとんとした。

「柴田さんを変える、それは高坂さんが本当に必要としているお菓子ではないような気がします。ですから、ご注文をお受けできません」

「私に本当に必要なお菓子……」

考え込んで、コーヒーを飲み干してから、玲実はきっぱりと言いきった。

「私と彼が、二人で変わっていけるお菓子をください」

それこそが、玲実が語っていた彼女の本心だ。玲実自身も初めて言葉にしたのだろう。どこかスッキリした表情をしている。

「かしこまりました」

荘介はしっかりと応えた。

玲実は「お腹が空いていて」とはにかみながら、カステラを追加注文した。店舗は久美に任せて、荘介は厨房に移動する。

玲実の注文に合わせて材料を調理台にのせていく。

お菓子は二種類作る。まずは和菓子好きという孝雄のために、きんつばから。

粒餡、ゼラチン、小麦粉、白玉粉、砂糖、塩を調理台に並べる。

作り方は簡単だ。

鍋にゼラチンと水を入れて煮溶かし、粒餡も入れて全体を馴染ませる。

再沸騰したらバットに流し入れ、冷蔵庫で冷やし固める。

固まった餡を四角く切る。普段は厚めで板状の正方形に切るが、今回はそれより厚く、さいころ型に切った。

粉類をすべて混ぜて水で溶く。衣ができたら、さいころ型の餡に薄く付け、鉄板で焼く。一面ずつ衣をつけて三十秒ほど鉄板にのせる。焼き目が付かないように六面すべて焼きあげて、素早く網に取る。

さいころ型からはみだした衣をはさみで切りとる。

薄白い衣をまとっていてもなお黒い餡には、王道の和菓子の風格がある。


洋菓子好きな玲実のためには、ドイツ菓子、フロッケンザーネトルテを作る。

材料は、生地に使う小麦粉、バター、牛乳、卵。

仕上げに使うアプリコットジャム。

キルシュ風味のクリームにするため、生クリーム、キルシュ、ゼラチン。仕上げ用の粉砂糖。

ケーキ生地の上に散らして焼くクランブル用に、生地の材料に加えて塩が必要だ。

まず、クランブルを作る。

室温に戻してやわらかく練ったバターに砂糖と塩をすり混ぜて、小麦粉を振り入れる。

さっくりと混ぜてそぼろ状になったら、バットに広げて冷蔵庫で冷やし固める。

次にシュー生地を作る。

鍋に牛乳を入れて火にかけ、バターを入れて沸騰させる。

バターが完全に溶けたら弱火にして小麦粉を振り入れる。

焦げないように木べらで混ぜ、生地が木べらから離れるようになったら火から下ろす。

ほぐした卵を鍋に少しずつ加え、固まりができないように素早く混ぜあわせる。

なめらかになったら冷めないうちに天板に広げる。普段は丸く絞りだすのだが、今日は天板いっぱいに四角形に敷き詰める。

生地の上に冷やしておいたクランブルを散らしてオーブンで焼く。

ボウルに生クリームを入れ、砂糖を混ぜて八分立てにする。

牛乳にゼラチンを入れて湯煎で溶かし、さくらんぼのお酒であるキルシュを加える。

その中に生クリームを少し入れて、これも八分立てにする。

元のボウルの生クリームに、キルシュ入りのクリームを混ぜあわせる。

焼きあがって冷ました生地を三等分にスライスする。

三枚の生地のうち二枚に、アプリコットジャムを塗る。

ジャムを塗った上にクリームの半量を伸ばし、もう一枚の生地をのせ、ジャムの上に残りのクリームを広げる。

最後にクランブルをのせた三枚目の生地をのせ、全体に粉砂糖をかけて雪がつもったかのように白くする。

出来上がったフロッケンザーネトルテを、きんつばと同じサイズに切り分ける。白黒の市松模様になるように正方形の箱に詰めたら出来上がりだ。


店舗に出ていくと、久美が椅子に座り込んで玲実と語りあっていた。

「誰でも嫌な面ってあるじゃないですか。一生、それを隠しているって、スパイでもないと無理でしょ。特殊な訓練を受けたわけじゃないんだから」

玲実の言葉に久美が頷いている。

「本当ですね。でも、嫌な面を全面に押しだされても困りますし」

「そこはバランスが大事ね」

玲実が荘介に気づいて視線を動かした。久美が立ち上がって場所を開けると、荘介はお菓子を詰めた箱をテーブルに置いて玲実に差しだした。

「きんつばとフロッケンザーネトルテの詰め合わせです」

「わあ、おしゃれ。大人っぽくていいですね」

満足したらしく、玲実が再び「お会計をお願いします」と久美に言う。

荘介がお菓子の箱を包装紙で包みリボンをかけている間に会計を済ませた玲実は、それでも立ち上がるそぶりを見せず、久美をじっと見つめる。

「ねえ、そのお菓子、彼は喜んでくれるかしら」

久美は力強くこぶしを握ってみせる。

「もちろんです！　当店のお菓子は間違いなく、どなたにもご満足いただける美味しさですから」

「そうね。たしかにものすごく美味しかった。もしかしたら、ここの餡子だったら私も食べられるかな」

荘介が商品の入った紙袋を抱えてやって来た。

「お味見なさいますか？」

玲実はしばらく考え込んだが、首を横に振った。

「彼と一緒にお菓子を食べることができたら、一口分けてもらうことにします」

そう言って立ち上がり、紙袋を受け取る。

「会いにいきます。もしも彼が私のことなんかもうどうでもいいと思っていても、私は諦めない。彼の本心を知って、素顔の彼と一緒に生きていきたいって伝えます」

「きっと伝わりますよ。ううん、今だってきっと高坂さんのことを思って、毎晩泣いてますよ」

久美の言葉を「そうかも」と笑って、玲実はドアに向かう。荘介が大きく開いたドアをくぐって、玲実は振り返った。

「今日はありがとうございました。かなり愚痴っちゃって、ご迷惑をおかけしました」

「とんでもないです。また愚痴りにいらしてくださいね」

すっかり打ち解けたようで、手を振る玲実に久美も手を振り返した。

店内に戻り、久美がテーブルのかたづけを終えると荘介が厨房から顔を出す。

「久美さん、きんつばの耳、食べますか」

「もちろんです！」

スキップしそうな勢いで厨房に入った久美は、皿にこんもり盛られたきんつばの皮の切れ端に目を輝かせた。

「わーい、耳、大好きです。もっちり、さっくりです」

「それは良かった」

久美はひょいひょいときんつばの耳を口に入れていく。

「鯛焼きも耳が美味しいですよね」

「餡子よりも？」

「甲乙つけがたいです。というか、一緒についているのが一番嬉しいです」

「商品として耳付ききんつばも出してみましょうか」

「いいと思います！」

こんもりあったきんつばの耳は、あっという間に久美のお腹に消えた。荘介はフロッケンザーネトルテの切れ端も皿にのせてやる。

ケーキを口に運んだフォークで唇を突っつきながら、久美が言う。

「私、今回のご注文、お菓子は一種類だけ作るのかと思っていました。洋菓子が苦手な人と和菓子が苦手な人が、一緒に食べられるような」

荘介はかたづけの手を止めて久美に笑顔を向ける。

「久美さんが、そんなお菓子を食べてみたかったということかな」

「それはもちろんあります。でも、単純に疑問で。変わっていこうっていうときに、今までと変わらないそれぞれが好きなものを食べるって、どういうことなんだろうって」

「僕は無理をして変わらなくていいと思うんです」

荘介の言葉に久美は首をかしげる。

「それじゃ、ご注文と違うことになっていませんか」

「ご注文は、二人で変わっていけるお菓子。それは未来のためのお菓子ということだと僕は考えました」

久美はこっくりと頷く。

「無理に変化すれば、ひずみが出ます。一瞬で変わる出会いもありますが、柴田さんと高坂さんには、ゆっくりした時間を過ごしてもらいたいと思ったんです。今まで柴田さんが我慢し、高坂さんが気を揉んで付き合い続けた時間で、できてしまったひずみを、優しく戻すために」

久美は自分の服の襟を捻《ねじ》って「ひずみ」と呟く。

「そのひずみは、ちゃんと元に戻るでしょうか。二人、またすれ違ったりしませんか」

「大丈夫ですよ。好みが違ったって、それぞれの好みを認めあって、それぞれを尊重すればいい。たまには相手のお菓子をつまみ食いしたりしてね。そうやって楽しい時間をともにできれば、誰も我慢しなくていい。それがわかりあうということだと思うよ」

久美は全部食べようとしていたフロッケンザーネトルテを見下ろして、荘介を上目遣いに見た。

「食べます？」

「全部、久美さんのものですよ」

「我慢していませんか？」

荘介は優しい眼差しを久美に向ける。

「僕は、久美さんが美味しそうに食べてくれるのを見るのが、なにより好きですから」

「私は荘介さんのお菓子を食べるのが、世界で一番幸せなときです」

荘介は面映ゆかったようで、くすぐったそうにしている。

「僕たちも好みが分かれているね」

「お互いに尊重していきましょうね。でも、たまには」

久美はケーキを掬《すく》ったフォークを荘介の口許に寄せた。ぱくりとフォークをくわえた荘介はふふっと噴きだす。

「どうしたんですか？」

「上出来だ」

久美は自分の手柄であるかのように胸を張った。

「もちろん、荘介さんのお菓子ですから。これからも変わらない味をよろしくお願いします」

「はい、うけたまわりました。久美さんも、変わらず試食してご意見をください」

「かしこまりました！」

変わるもの、変わらないもの。みんながどちらも持っていて、振り回されるときもあるだろう。けれど大切に思う気持ちがあれば、きっと間違えない。変わらない愛情と、変わっていく二人の関係をいつでも感じられる。

久美はケーキの最後の一かけらを食べ終えた。今どんなに幸せかを、すばらしいお菓子の感想に代えて伝えるべく、口を開いた。

いつか故郷の味を、もう一度

「そのときの写真、持ってくれれば良かった！」

村崎逸子《いつこ》はちらちらと自分の息子、荘介の方を振り向きながら薄笑いを浮かべている。

「もう本当に女装が似合っとって。荘介に白雪姫をキャスティングした生徒さんの目は確かやったみたいでね」

荘介の中学生時代、文化祭で男女逆転劇が行われた話が延々と繰り広げられているのは『お気に召すまま』のイートインスペースだ。荘介の母、逸子と、久美の母、直子《なおこ》は両家の顔合わせ以来すっかり意気投合して、友人のような付き合いをしている。二人のマシンガントークはとどまるところを知らない。

「ぜひ見てみたいです。ねえ、久美も見たいわよね」

母に問われて、久美は半笑いでごまかそうと視線をそらした。だがそれは火に油を注いだようなもの。被害は久美にまで及ぶ。

「そういえば、あなたの幼稚園の学芸会の写真もいいのがあったわよね。ダンスの振り付け、一人だけ左右逆なの。動画で見るより写真の方が面白いの」

その写真も動画も幼い頃から何度も見せられ、笑われることに慣れてはいたが悔しさは消えない。しかも、荘介のためにしっかりもののパートナーであろうとしている昨今だ。恋人の前で話してほしい話題ではなかった。

久美は内心むっとしていたが、未来の姑《しゅうとめ》の前で不機嫌な顔を見せれば、今度はそれを笑い上戸の姑に笑われるとわかりきっている。なんとか無心になって聞き流そうとぼんやり宙を見ていることにした。同じことを考えているのか、荘介も目の焦点がはっきりしない気の抜けた表情だ。

「久美ちゃんなら、なにをしていてもかわいいいんやない？」

「ぶさいくな写真も多いんですよ。おねしょして大泣きしているところとか」

「そんなときに冷静に写真を撮るとか、さすが直子さん」

「うふふ。シャッターチャンスは逃さないようにしてるんです」

そう言うと、カバンからスマートフォンを取りだして、ショーケースの裏で控えている荘介と久美を撮影した。

「な、なんで撮ったと、お母さん」

「二人とも魂が抜けたような顔をしていて面白かったから」

二人に背を向けて座っていた逸子が急いで振り返る。

「え、そうなん？　その顔、もう一度やってよ、荘介」

「嫌ですよ」

憂《うれ》いに眉根を寄せた荘介と怒りで眉間にしわを寄せた久美は、揃って窓の外に目をやった。それにつられて逸子と直子も窓の外を見て「あら」「やだわ」と口々に言う。

「雨が降りそうやん。今日の予報、晴れじゃなかった？」

「そうだったかしら。とりあえず、今日は解散しましょうか」

逸子と直子が立ち上がると、二人しかいないのに大人数が動きだしたかのような気配がした。ものすごいエネルギーを発散しているのだと、久美は我が母のことながら戦《おのの》く。

「お会計よろしく」

逸子がレジにやって来たが、荘介が「いいですよ」と言いながらドアを開けた。いつもなら身内であろうとおごりなど許さない久美だが、今日は心底疲れていて、早く帰ってほしくてしかたない。荘介と並んで二人の母親を見送った。

カランカランとドアベルが二人を慰めるかのように優しく鳴る。荘介と久美はイートインスペースの椅子に座り込んだ。

「久美さん」

「なんでしょう、荘介さん」

荘介はテーブルに肘をついてぐったりとうなだれた。

「聞かなかったことにしてもらえませんか」

久美もテーブルに両肘をついて頭を抱えたが、自分の意見は主張する。

「女装の写真、私も見たいです」

「僕もおねしょの写真が見たいです」

ちらりと互いに視線を交わす。写真を見てみたいという好奇心と自分の写真は見せられないという気持ちのせめぎ合いが沈黙を生んだ。自分の写真を見せるわけにはいかないと先に結論を出したのは久美だ。

「聞いてしまったものはしかたないです。でも写真は見せられません」

「できれば知られたくなかった」

「私もです」

「相手のことをすべて知らなくても、愛は成り立つと思うんだ」

「私もそう思います」

二人は揃って深いため息をついた。そこにカランカランとドアベルを鳴らして常連で町内会長の梶山《かじやま》がやって来た。

「あれ。どうしたの、二人とも。お疲れみたいだね」

「梶山さん、いらっしゃいませ」

福福しい恵比須顔の梶山を見た久美は、つられて笑顔を取り戻した。元気よく立ち上がり、梶山をイートインスペースまで導く。荘介がテーブルをかたづけている間に、久美がお茶を淹れた。

「二人は息がぴったりだねえ。いつも感心するよ」

茶碗が目の前に置かれると、梶山は久美に笑いかけた。褒められた久美は気合を入れ直して、ぴしっと踵《かかと》を合わせて姿勢を正す。

「ありがとうございます。年季が入ってますから」

かたづけを終えた荘介がタイミングよくお菓子をのせた小皿を運ぶ。

「マーラーカオです。よろしければ、どうぞ」

ほぼ毎日やって来て、久美とお喋りすることを楽しみにしている梶山だが、日替わりで準備されている試食のお菓子もまた楽しみの一つだ。

「これは、中国のお菓子だったかね」

「はい。中国の南方や香港《ホンコン》でよく食べられる蒸しパンです」

しっとりふっくらした、たまご色の蒸しパンを一口に食べると、梶山は、ははは と笑った。思わず声が出たらしい。

「いや、美味しいねえ。見た目を裏切らない、いや、美味しそうな見た目以上の極上のしっとりした甘さだよ。これは買って帰らなくちゃ」

「いつもありがとうございます」

荘介が丁寧に言うと、梶山は「三人分ね」といつものように指を三本立ててみせた。

久美を梶山の話し相手に残して、荘介はお菓子の包装をしようとショーケースに向かう。その背中に梶山が呼びかけた。

「荘介くん、今日はちょっとお願いがあるんだけどね」

「はい、なんでしょう」

戻ってきた荘介に、梶山は携えてきていた茶封筒を差しだした。

「いやね、春北《はるきた》中学校でバザーがあるんだけど、うちの町内会も参加することになったんだよ」

茶封筒に入っているのは、バザーの開催目的や参加方法が印刷してある用紙とバザーへの参加申込書、それと一枚の写真だった。

「難民支援のためのバザーですか」

久美も荘介の手許を覗き込む。写真にはポリタンクを抱えて給水を待つ人の長い列が収められていた。多くの人が裸足で、剝きだしの赤土の上を歩いている。

「中学校の保護者にプロのカメラマンがいるそうなんだよ。取材で訪れた難民キャンプを見て、支援しようと思い立ったそうでね」

　バザーの一番の目的は、会場での写真パネルの展示と現地の人の暮らしぶりをまとめたレポートの配布だ。

「それでね、荘介くんも参加しないかと思ってね。保護者の手作りのものだけじゃなくて、プロの商品もなにか頼んでみようということで」

「僕も力になれれば嬉しいです。ぜひ参加します」

　間髪を容《い》れずに答えた荘介だが、会計を引き受けているマネージャーの意見を聞き忘れたことに気づき、そっと久美に目を向けた。久美はしっかりと頷く。

「久美ちゃんも賛成だね。それは良かった。参加申込書は今書いてくれたら私が提出するけど、どうする？」

「では、お願いします」

　荘介がショーケース裏のカウンターで書類に記入している間、梶山は思う存分久美とお喋りを楽しみ、マーラーカオを抱えてほくほくした顔で帰っていった。

「荘介さーん！」

放浪の途中、荘介は背後から元気のいい声で呼び止められた。振り向くとキレのいいチョップが額に落ちる。

「痛いです」

小声で訴えると顔見知りの女子高生、うららが、げらげら笑って荘介の顔を指差す。

「顔が痛がってない！」

うららとは、荘介が日課の放浪をしているときに知りあった。広範囲を歩き回る荘介には老若男女問わず友人が多い。大抵は荘介が話しかけて親しくなるのだが、うららはものすごい勢いで荘介に話しかけてきたのだ。

「写真を撮らせてください！」

そう言って学校指定であろうカバンから、どでかいデジタル一眼レフカメラを取りだしたときは、荘介もちょっと驚いた。

「モデルになってください！」

あまりの勢いに、荘介はどうしようか考える暇もなく、「はい」と言ったのだった。

そんなうららは今日もカメラを首から提げている。

「荘介さん、せっかくだから撮らせてよ」

「いいですよ。どこかへ移動しますか？」

うららは道を見回すと、近くのマンションを指差した。

「あのマンションの前の花壇のところにしよう」

さっさと歩いていくうららについて花壇の脇に立つ。

「しゃがんで花びらに触ってみて」

言われたとおりにすると、カシャカシャカシャとシャッター音が三度鳴った。

「はい、おっけー」

立ち上がり、うららは楽しそうにカメラの電源を落とした。

「荘介さんは、ぜんっぜん照れがなくていい被写体だよね」

「うららさんは、相変わらずの早撃ちカメラマンですね」

レンズにキャップを嵌《は》めると、うららは荘介を見上げて持論を述べる。

「生き物を撮るなら動体視力と瞬発力は必要だと思うんだ。虫なんかとくに、一瞬で逃げていっちゃうから」

写真を撮ることにしっかりした意識があるところが頼もしい。

「ご両親と、写真の専門学校に行く話はできましたか」

うららは両手を頭の上に上げて大きく丸を作ってみせた。

「荘介さんがアドバイスしてくれたおかげ。ありがとね」

「それは良かった。そうだ、こんな催しがあるんですよ」

荘介はぶら下げている『お気に召すまま』の紙袋から、チラシを一枚取りだした。受け取ったうららは目を大きく見開いて、一瞬で内容を読み取る。

「春北中、私の母校だよ。難民問題はニュースで聞いたことあるけど、よく知らない」

「いつもすごい速読ですね」

ぱちりと瞬きをして、速読モードから通常モードに変えたことが見て取れた。うららは、なんでもないことのように言う。

「鍛えてるから。それより、バザーって、あれ？　不用品とか売るやつ？」

「それです。この催しの発起人がカメラマンの方なんです。難民キャンプを取材したときの写真が展示されますよ」

「えー、それは行かなきゃ。教えてくれてありがとう」

「いえいえ。僕も出店しますから、お菓子もよろしくお願いします」

ちゃっかりと宣伝したのがおかしかったようで、うららは、ぷっと小さく噴きだした。

「わかった。じゃあ、またね」

「はい、さようなら。気をつけて」

元気に手を振ってうららと別れ、荘介は放浪を続けた。

＊＊＊

　バザー当日はあいにくの雨だった。開場してすぐの春北中学校の広々とした体育館に、人の入りは三割というところだ。おかげでゆっくり展示を見たり、買い物ができたりするとも言える。

　横長の折り畳みテーブルが多数並べられ、バザー用品が陳列してある。その中に数件、飲食店と雑貨店からの商品の持ち込みがある。飲食物はしっかり梱包されたテイクアウト用のものがほとんどだが、『お気に召すまま』ではその場で食べるお菓子を提供することにした。

　壁際に寄せたテーブルにテーブルクロスをかけて、今日のメニューを書いた小さな看板と什器、お菓子が入った鍋を置いて準備が完了した。

「おはよう！」

『お気に召すまま　春北中学校出張店』の朝一番の客は逸子と直子だった。荘介も久美も表情が固まってしまって、ぴたりと動きも止まった。

「あら、元気ないやん。二人とも朝ごはん食べた？　お腹空いとるんやない？」

「久美は大量に食べて出勤していったけど、あれでも足りなかった？」

逸子も直子も上品に着飾って口調も優しげだが、すぐに我が子をからかって遊びたがるところは、やんちゃな小学生のようだ。

「あの、今日はなんのご用で……？」

そっと尋ねた久美を直子が心配そうに見る。

「ここに来る人のご用は一つでしょ？　忘れちゃった？」

「忘れてませんけれども。バザー品は見ないんですか？」

直子にからかわれる隙を与えないようにと肩に力が入り、つい丁寧語で話してしまう。

逸子がにまっと不気味に笑って、久美に顔を近づける。

「まずはかわいい久美ちゃんの顔を見てからと思って」

愛想笑いが間に合わず、久美は脅えた様子で一歩下がった。それを面白がった直子が自分のカバンを指し示す。

「そうだ、荘介さん。今日は久美の写真をいろいろ持ってきたのよ」

「見たいです」

「絶対やめて！」

直子のカバンを奪おうと久美が飛びかかる。直子はさっと避《よ》けて、小走りに逃げる。

「私も写真、持ってきとうけんね」

逸子が言うと、久美が逸子に向かって手をつきだし、荘介がその手をそっと握った。

「久美さん、だめです」

「お熱いわあ」

冷やかされて久美が慌てる。

「今のは、そういうんじゃありません！」

「わー、照れた。初々しい」

「うるさかね！　さっさと用事ば済ませんしゃい！」

直子は勢いよく言う久美を「ほほほほ」と笑って、後ろ向きのまま、久美の顔を観察しながら逃げていく。逸子は二人に向かってヒューヒュー言ってから直子のあとを追った。

「もう、好かーん！　朝から人のこと、からかいにきてから！」

「二人でタッグを組むと強烈ですね」

久美はかくんと首を折ってうなだれる。

「仲良くしてくれるのはいいんですけどね。あそこまで意気投合しなくても」

カシャッというシャッター音が聞こえて振り向くと、うららが荘介と久美にカメラを向けていた。

「おはよう。どうしたの、二人とも元気ないね」

「おはよう、うららちゃん。ちょっと、準備で疲れちゃった」

店の常連でもあるうららに久美が挨拶を返すと、うららは荘介を軽くにらむ。

「久美ちゃんを疲れさせたらだめじゃん。荘介さんが倍働かなきゃ」

「そうですね。気をつけます」

うららは『お気に召すまま』のスペースをいろいろな角度から撮影する。最後に、準備された鍋の中身を撮った。

「これが今日のお菓子？　お粥《かゆ》みたいだね」

「そうですね。麦をベースにしたトルコのお粥です。一杯、いかがですか？」

「先に写真を見てくるよ。気合入れてきたんだ」

そう言って、握ったこぶしを天に向かって何度も突き上げて、うららは去っていった。


体育館の四方の壁に、写真パネルが数多くかけられている。荘介と久美も搬入を進めながらちらちらと見ていた。それぞれの写真には短いコメントがついている。

裸の幼児の腕にメジャーのようなテープを巻いている写真には、栄養状態が悪い子どもの危険度を測るための検査をしているところだと説明されている。

焼け落ちた集落の写真には、避難所から火が出て大火災になり、避難民にさらなる援助が必要になったことが記されている。

紛争が勃発した地帯から逃げる人たちの列が坂道を登っていく。家も家族も失い、学校にも行けずに一人で過ごす少女。戦火に脅えながらも物売りをする少年。どの写真にも苦しみと、深い疲れが写り込んでいた。

客が来ないために会場をうろつきはじめた荘介が、今日の主題である、現地からのレポートを一部取って戻ってきた。

中綴じにされた八ページのレポートには写真がふんだんに使われている。壁のパネルの写真には悲惨なものが多いが、レポートにあるものには笑顔も見える。なかでも一際まぶしい笑みを浮かべている女性は、戦闘地域を抜けて通学しなければならないような環境で学生時代を過ごし、その後、故郷を離れて難民キャンプで暮らしながら勉強を続けて医師になったのだという。

荘介と並んで読み終えた久美は、レポートを受け取って、また最初から読みはじめた。同情や憐れみを感じている表情ではなく、ありのままにすべてを吸収しようとしているように見える。荘介は久美をそっとしておくことにした。

昼を過ぎても雨脚は弱まらなかったが、それでも人出は増えてきた。『お気に召すま』も売り上げは好調だ。仕事の合間に会場に目をやると、逸子と直子があちらをうろうろ、こちらをうろうろしながら、展示品を抱えて回ったり、食べ物を買って体育館の隅に設置された飲食用のテーブルでもりもり食べていたりして、この催しを最大限に楽しんでいるのが見えた。知りあいも何人も来店してお菓子の減りは順調だった。

「うららちゃん、帰っちゃったんでしょうか」

夕方近くになり、今度は小腹を満たそうという時間に客がまた増えた。相変わらずよく売れている。久美はお粥の残量を気にしだした。荘介が高い身長を活かして体育館を見渡すと、うららはわりと近くにいた。壁のパネルを見上げたまま動かない。

「どうしたんでしょう」

「ちょっと見てきます」

荘介は足早にうららに近づいた。荘介が隣に立ったが、うららはぴくりとも動かない。

「うららさん」

そっと呼んでも、うららは視線を動かさない。

「荘介さん、なんでだろ」

ぎゅっと握ったこぶしを胸の辺りまで上げたが、どこにも行き場がないというようにぱたんと腕を下ろした。

「なんで、なんでこんな写真を撮ったの？　こんな、かわいそうな人たちを見世物にするような」

「すべての写真を見たんですか？」

うららはこくりと頷く。

「どれもひどい写真。戦争とか、暴力とか、貧困とか、そんな臭いが伝わってくる。なんでそんなことを写真に残しておくの？」

荘介もパネルを見上げる。大粒の涙を浮かべた老女が両手を合わせている。祈りを捧げているのか、最後に残った大切なものを包み込んでいるのか。背後には瓦礫《がれき》が散らばっている。かつては住宅街であったようだが、今は煉瓦《れんが》の壁の残骸しか残っていない。

「うららさんは、どんな思いを写真に込めているのですか」

「写真を見た人が幸せになれるようにって」

荘介はうららの肩をぽんと叩く。

「お腹が空きませんか。おごります」

そう言って『お気に召すまま』のスペースに向かって歩きだすと、うららはぼんやりとついてきた。

「久美さん、一つお願いします」

「はい」

鍋から紙コップに商品を注ぐ。やや黄みがかった白いお粥に、色とりどりの豆やレーズンが入っている。受け取ったうららは紙コップに鼻を近づけて香りを嗅いだ。

「オレンジと牛乳と、あと嗅いだことない不思議な香り」

「これはアシュレというものです。水と牛乳とオリーブオイルで麦のお粥を作って、豆と干し果物を煮込みます。砂糖はほんの少し。オレンジピールを加えて爽やかな香りを出します」

うららは、スプーンでアシュレを掬って目の高さまで上げ、じっと観察している。

「ひよこ豆、白いんげん、レーズン。白い干し果物とオレンジ色のはなに?」

「白無花果とあんずですよ」

納得したようでスプーンを口に入れかけて、慌てて動きを止めた。

「いただきます」

「はい、どうぞ」

ぱくりとスプーンを口に運び、何度もよく嚙む。料理研究家のように真剣だ。

「不思議な味。とろっとしてて、豆がシャキシャキして、果物の香りと甘さがあって、ミルクもしっかり香る。けど、どれも喧嘩しないし穏やかで優しい」

「アシュレというのはノアの方舟にまつわる伝説のお菓子なんです。トルコではイスラム暦の一番目の月の十日に食べるデザートです」

頬張っていたアシュレを飲み込んでから、うららが質問した。

「イスラムって、イスラム教？　ノアの方舟ってキリスト教の話じゃないの？」

「どちらも信仰している神様は同じなんだそうですよ。経典や信仰の仕方は大きく違いますが」

眉根を寄せてしばらく考えていたうららは、そのままの表情で、答えを求めるかのように荘介を見上げた。

「なんだか難しそう」

「難しい問題だからこそ、人が悩む原因にもなるんでしょう」

うららは近くのパネルに目をやって、怒っているのか顔をしかめた。

「幸せになるために神様にお祈りするんじゃないの？　なんで神様がいることで人が人を傷つけるの？」

「それは僕にはわかりません。うららさんはどうですか」

うららの目が潤んだ。それをごまかすかのように、ぎゅっと目を瞑って、アシュレをガッガッとたいらげる。

「私は悲しいのも痛いのも苦しいのも嫌だ。誰かがそんな気持ちでいるのも嫌。誰かがみんなを救ってくれたら……。神様が助けてくれたらいいのに。悪い人に罰を与えてくれたらいいのに」

うららが大切そうに持っている紙コップを見て、久美がそっと声をかけ、お代わりを注ぐ。うららは、壊れ物を扱うようにアシュレを受け取る。荘介はパネルの写真の老女のように手を合わせた。

「トルコは世界の国の中で一番多く、難民を受け入れています。ノアの方舟には、ノアの家族以外の人間は乗れませんでした。けれど、トルコには難民を受け入れる懐の大きさがあるのだと思います」

「荘介さんがトルコのお菓子を作ったのは、なんで?」

うららの質問に荘介はそっと微笑んでみせる。

「ノアの方舟がもう二度と作られないからです」

恐れを含んだ声でうららが尋ねる。

「本当は神様がいないから?」

顔を伏せた荘介は敬虔《けいけん》な祈りを捧げているように見える。

「神様がいるかいないかも僕にはわかりません。けれどキリスト教の聖書にも、イスラム教のクルアーンにも、神様はもう二度と方舟が必要になるような罰を与えることはないと書かれているそうです」

「じゃあ、人間は悪い人だらけになっちゃうの？　神様の罰がないって思うから、ひどいことを繰り返してるの？　そんなの嫌だよ、おかしいよ。みんな自分の故郷へ帰れるような世界がいいよ」

　幼い子どもが駄々を捏《こ》ねるかのような物言いだったが、うららがしっかりと前に向けた瞳には強い意志が見えた。

「今すぐアシュレを世界中で困ってる人に贈ってあげられたらいいのに。私は毎日お腹いっぱい食べられる。生きるために必死になったことなんか一度もない。私ばっかり幸せだなんて、申し訳ないよ。みんなで幸せになれたらいいのに」

「うららさんの写真を見た人みたいに、ですね」

　荘介の言葉の意味がわからなかったようで、うららは目を上げた。

「うららさんはここに展示してある写真を見て、いろいろ考えていますよね。カメラマンの方がパネルにする写真を選んだ理由は、そこにあるのではないでしょうか」

　うららは悲しそうに俯く。

「私は幸せなものを見たら、みんなが幸せになれるって思ってた。でも、誰かを幸せにしたいなら、辛い現実も知らないといけないんだね」

深く考え込んでいるうららになにも言わず、荘介と久美は静かに仕事に戻った。

「私、帰るね」

そう明るくうららが言ったときには、たくさんの客が腹を満たして、アシュレの鍋は空っぽになっていた。

「体育館の出口まで送りましょう」

荘介が言うと、うららは小さく笑う。

「すぐそこじゃんか」

「すぐそこまでですから」

とぼとぼ歩くうららに合わせて、荘介もゆっくりゆっくり歩を進める。

「うららさん。現地レポートは持っていますか?」

「なんだっけ、それ」

その場にうららを待たせて、荘介は冊子を一部取ってきた。表紙を見たうららは眉をひそめる。

「この中にもまだ辛いことがあるんだね」

そう言うと、深く息を吸ってぐっと唇を引き結んで現地レポートを受け取った。ページをめくり、笑顔の女性の写真を見つけて驚いたようで目をみはる。速読であっという間に全文を読んだうららは茫然としていたが、やがて満面の笑みを浮かべた。

「幸せになれるんだ、難民になっても」

「故郷から逃げ延びたということは、生きることを諦めなかったということなんでしょうね」

冊子に目を落としたうららは大切そうに女性の写真を撫でる。

「このお医者さんになった人も、諦めなかったんだ」

「困難を乗り越える強い意志があったんでしょう。きっと逆境を生き抜くために力をつくしたのだと思いますよ」

うららは宝物を扱うかのように、冊子をカバンにしまう。

体育館を出ると、雨はもう上がっていた。

「あ！」

小さく叫んで、うららはカメラを取りだし、空に向かってかまえる。そこには神様からのプレゼントのような大きな虹がかかっていた。

荘介が『お気に召すまま』のスペースに戻ると、久美はかたづけを始めていた。

「うららちゃん、大丈夫でしたか？」

「大丈夫ですよ。彼女は写真の力を信じている人ですから」

久美は安心したようで、かたづけの手を動かし続ける。荘介は久美がまとめた什器を運びだそうとした。

「おやあ、完売？」

「遅かったわね、来るのが」

振り返ると、逸子と直子がすぐそこにいた。思わず荘介の動きが止まる。大荷物を抱えた二人は購買欲が満たされたのか、上機嫌だ。

「どんなお菓子だったの？」

直子に問われて久美が答える。

「トルコのお菓子でアシュレという名前。甘いお粥みたいというか、ぜんざいっぽいというか、エキゾチックっていうか」

「その説明じゃ全然わからないわ。食べたい、食べたい」

「食べたい、食べたい」

逸子と直子の「食べたい」の大合唱に荘介が頼もしく頷いてみせる。

「店に戻ったらすぐに作りましょう」

「じゃあ、写真の見せ合いっこは『お気に召すまま』でやろうか」

「そうしましょう。立ち話より、じっくり観察したいですもの」

久美がテーブルクロスを畳みながら聞く。

「観察ってなにを？」

直子は嬉しそうに、にっこりと答える。

「あなたたちの困った顔」

「さあ、存分に見せてもらうよ」

そう言うと、逸子は早く帰ろうと促すように、カモンと二人を手招いた。荘介は焦ることもなく余裕たっぷりに言う。

「見てもらうのはいいですが、困った顔はしないかもしれませんよ」

母親二人は顔を見合わせる。

「なんで？」

久美がそっと呟く。

「どんなに苦い過去でも、知りたいと思って」

逸子が、ぱんと両手を打ち鳴らし、恐ろしいことを言いだす。

「その意気や良し！　さあさあ、早く帰ろうか。荘介の女装だけじゃなくて、桃太郎の仮装の写真も……」

「母さん、やめてください」

「酔ってぐにゃぐにゃになった写真も」

「やめてください」

「久美ちゃんが望むなら、素っ裸の写真も」

「本当にやめてください」

荘介は抱えていた荷物をテーブルに戻すと、逸子の肩に手をかけて追いだそうとする。

「嘘嘘、冗談。さすがに裸はセクハラだと思って持ってきてないよ」

「そもそも、そんな写真はないです」

「隠し撮りよ」

啞然とした荘介の後ろで久美が「ちょっと見てみたい」と言う。直子が聞き逃さず、これでまた一つ、からかうネタができたとほくそ笑んだことに久美は気づいていなかった。

甘酒みたいに甘えたい

　ガランとドアベルが音高く鳴り、勢いよく少女が店に飛び込んできた。四、五歳くらいだろう。髪を二つに分けてきれいに編み込んでいる。目がくりっとしていて愛らしい顔立ちだ。だがその顔はいかにも不機嫌そうにしかめられ、久美をにらむ。

「斉藤久美って誰？」

「私だけど、ご用事かな」

　ショーケースの裏から出てきた久美が腰をかがめて目を合わせると、少女の視線はますますきつくなった。

「荘ちゃんのことを一番愛してるのは、美野里《みのり》なんだから！　美野里が荘ちゃんと結婚するんだから！」

　両手を胸の前でぎゅっと握って一生懸命に言い募る姿があまりにもかわいらしくて、久美は思わず微笑んだ。

「なに笑ってるの！　美野里は本気なんだから」

「そうなんだね。今、荘介さんは出かけちゃってるんだよ」

美野里はどうしたらいいか迷ったようで、視線をさまよわせ口を尖らせた。

「どこに行ったの」

「お散歩かな。お仕事じゃないよ」

相変わらず口は尖ったままだが、寂しそうに呟く。

「美野里も一緒に行きたかったな」

「それじゃ、今度、頼んでみようか」

笑顔になりかけた美野里は、はっとして口を噤み、難しい顔をした。

「荘ちゃんとお話ししていいのは、美野里だけなの」

「そうなんだ。じゃあ、荘介さんが帰ってきたときに通訳してもらわなきゃ」

久美のにこにこ顔が気に入らないようで、美野里はにらみ上げるような表情に戻った。

「美野里ちゃん、お父さんかお母さんは一緒じゃないの？」

「子ども扱いしないで。美野里は一人でお出かけできるの」

そう言われても、一人で外を歩かせるのは躊躇《ためら》われる年齢だ。荘介のことをよく知っているような口ぶりから常連客の子どもかとも思うが、久美は美野里と初対面だ。荘介が帰るまで待って家まで送らせた方がいいだろう。

「せっかくだから、荘介さんが帰ってくるまで待っていたらいいと思うな」

「わざわざ言われなくても、美野里はちゃんと同じこと考えてました」

「そうなんだ。どうぞ、こちらへ」

イートインスペースへ手招くと、美野里はきょろきょろ物珍しそうに店内を観察しながら久美のあとに続く。椅子を引いてやると、小さな体で這《は》いのぼるようにして、頑丈な椅子に座る。その姿も久美の琴線に触れた。

「なんで笑ってるの」

不機嫌そうに言う美野里に上機嫌で返事をする。

「なんでもないよ。飲み物をお出しするから、待ってね」

よく冷やした手作りの甘酒を小ぶりのカップに入れて運ぶと、美野里は不思議そうにカップの中を覗き込んだ。

「これ、なに？」

「甘酒だよ。名前にお酒ってつくけど、子どもも飲める安心な飲み物」

「ふうん」

興味津々にカップに鼻を突っ込んで匂いを嗅ぎ、ぺろりと舐める。目を丸くしてカップに口をつけ、一気に飲み干した。

「口に合ったみたいだね。お代わりはいる？」

無言でこくりと頷いて、美野里はカップを久美につきだす。お代わりを渡してやると、美野里はまた一気に飲もうとするようにカップに食らいついたが、久美が優しく見つめていることに気づき、大人ぶっているのか澄まして上品に一口だけこくりと飲んだ。

「甘酒はね、栄養豊富で病気のときや、夏バテ予防にもいいんだよ。お米に麹《こうじ》っていうものを混ぜて作るんだけど……」

「なにそれ、つまんなーい」

子どもには退屈だったかと次の話題を探していると、美野里がリクエストした。

「荘ちゃんのお話して」

「そうだなあ。荘介さんの話か。いろいろあるけど、たとえば堅焼きのこととか」

「堅焼き？　なに、それ」

久美は焼き菓子の棚から一袋取ってきて美野里に見せた。パッケージには『注意！激硬！』と書かれている。

「荘介さんが、お菓子でどこまで硬いものが作れるか追求して作ったんだよ」

「なにそれ、変なのー」

美野里は笑いたいのを必死で我慢しているらしく、顔が妙にゆがんでいる。

「すっごく硬いお煎餅がもとになってるんだよ。硬いものが好きなお客さんには大人気なんだけど。荘介さんがオリジナルのお菓子を考えて、いろいろ作ってたことがあったの。そのときに大失敗したお煎餅をアレンジして……」

「嘘！」

突然、美野里は眉を吊り上げて大きな声を出した。

「そんなの嘘！　荘ちゃんは世界一かっこいいんだから！　失敗なんかしないもん」

「あらら。そうなの」

「そうだよ。お店の人なのに、なんで知らないの」

硬すぎた煎餅の他にも、干し柿が丸ごと入っていて食べにくいゼリー、黒餡入りのカレー大福など失敗作を次々と生みだしていた時期があったことを、荘介に全幅の信頼を置いている美野里に知らせる必要もない。笑い話を聞かせたいのはやまやまだが、久美は荘介が華麗に活躍したエピソードを厳選して話してやることにした。

アラブ、インド、アメリカ、アフリカ、ヨーロッパ、どんな国のお菓子も作れること。焼き型がないときも無理な注文を受けたときも、どんなときでも美味しいお菓子を作り上げる。久美が病気のときに作ってくれた甘酒アイスが、今日の甘酒のもとだということも。

「ズルい！」

「え？」

「美野里もお熱のときに荘ちゃんのアイス食べたい！」

「じゃあ、美野里ちゃんのお母さんにお願いしないといけないね」

美野里は途端に不安そうな小声になってしまった。

「お願い……、聞いてくれるかな」

視線を合わせようと、久美も椅子に座る。

「お母さんはお菓子が嫌い？」

「ううん、荘ちゃんのお菓子が大好きだよ。でも、いつもは買ってくれないの」

「そうなんだ。いつ買ってくれるの？」

「お誕生日のときと、クリスマスのとき」

悲しそうに俯いてしまった姿が愛らしくて、久美は慰めようと優しく言う。

「特別なときだね。私も子どもの頃、誕生日とクリスマスは『お気に召すまま』のケーキを食べたよ」

美野里の表情がぱっと明るくなった。

「本当？　美野里と一緒だ」

「うん。それで、小学生になってお小遣いをもらったの。それを貯めて特別じゃない日も買いにくるようになったんだよ。まあ、小学生のときは二か月に一度くらいだけど」

「お小遣い！　美野里ね、おばあちゃんにお小遣いもらった」

「えー、すごいね」

ポケットからご自慢の品らしい、かわいいキャラクターの絵が入った小さな財布を取りだして久美に見せつける。

「がんばってお手伝いしたから。そうだ、お菓子買おうっと」

ひょいと椅子から飛び降りるようにして美野里はショーケースに駆けよった。

「これ、知ってる！　バラのチョコレート。お酒が入ってるから子どもはだめなの。これは、苦いコーヒーゼリー。子どもにはまだ早いやつ。この小さなケーキもわさびが入ってるから子ども用じゃないの」

「すごいね、よく知ってるね」

美野里は胸を張って得意げだ。

「だって、おばあちゃんが教えてくれたもん。それでときどき、子どもでも食べられるお菓子は味見をくれるの」

店に通っているのは美野里の祖母なのか。久美はそのくらいの年代の女性客の顔を思い浮かべたが、孫の話をする人はあまりいない。彼女たちは『お気に召すまま』に来たら、自分のために、少女に戻ったようにうきうきとショーケースを覗くのだ。荘介のお菓子は彼女たちを夢の世界まで連れていってくれる魔法の鍵なのだろう。

カランカランとドアベルが鳴った。

「荘ちゃん！」

美野里がドアに向かって突進して、荘介に抱き着いた。

「美野里ちゃん、こんにちは」

突然のことに驚きもせず、荘介は優雅に挨拶する。

「もう、どこに行ってたの？　美野里、ずっと待ってたんだよ」

甘えた鼻声で言う美野里の肩に手を置いて、荘介は楽しげだ。

「それはお待たせしました。美野里ちゃんがお店に来るのは珍しいね。初めてじゃないかな」

荘介はくるりと店内を見回す。

「美野里ちゃん、一人なのかな」

「そうだよ。一人で来たんだよ」

「おばあちゃんのお遣い？」

美野里は大きく首を左右に振る。

「違うよ。宣戦布告に来たの」

荘介を背中に隠すように両手を大きく広げた美野里が、久美に宣言する。

「荘ちゃんは、渡さないんだから！」

そのあまりにも真剣な美野里に対して、久美は表情筋をぐっと引き締めてしかめ面を作ってみせた。

「残念ですが、お客様。そちらはご予約の品ですので」

「ご予約の品ってなに？」

美野里の疑問に荘介が答える。

「誰かが『買います』って約束してることだよ」

「誰が荘ちゃんをご予約してるの？」

「私です」

久美が腰に手をあてて胸を張ってみせると、美野里はむうっと唇を引き結んだ。

「ご予約、やめて！」

「だめです」

久美はどこまでも真面目に美野里と対峙する。

「荘ちゃん、この人、大人なのにわがまま言う」

涙を浮かべた美野里が荘介を見上げた。荘介は「困ったねえ」と微笑んでやる。

「ちゃんと言って、荘ちゃん。美野里と結婚するって」

荘介は美野里の前に回ると、しゃがんで美野里と目の高さを合わせる。

「ごめんね、美野里ちゃん。僕は久美さんと結婚する約束をしてるんだよ」

「なんで！　この人、荘ちゃんの悪口言うんだよ。荘ちゃんが大失敗したなんて言ったんだよ」

「僕も失敗はするよ」

「そんなの嘘！　荘ちゃんは世界で一番かっこいいんだから！　失敗なんてしないの」

ストレートな褒め言葉に照れたのか、荘介は俯き加減で美野里に語りかける。

「僕はかっこよくなんてないよ。美野里ちゃんみたいに上手に木登りもできないし、バイオリンも弾けない。できるのはお菓子を作ることだけ。それも久美さんがいてくれないとやっていけないんだ」

美野里はいよいよ涙腺が崩壊しそうなほど目を潤ませている。

「そんなこと言う荘ちゃんは嫌い」

「そうか。でも、僕は美野里ちゃんのことが好きだよ」

ぽろぽろと美野里の目から涙がこぼれた。荘介は美野里の頭を撫でてやる。美野里は甘えて荘介に抱き着いた。荘介の肩越しに美野里を見つめた久美が、明るく言う。

「私も美野里ちゃんが好き」

美野里は悔しそうに両手をぎゅっと握って、上目遣いに久美をにらむ。

「嘘だ！」

「本当だよ」

「なんで好きって言うの！」

「荘介さんのことを好きな人は、みーんな好き。私も荘介さんのことが好きだから、同じ気持ちでしょ。仲間だよ」

美野里は荘介の肩をぽかぽかと叩きだした。

「そんなのズルいよ！　美野里だって荘ちゃんと結婚したいのにー」

ずびずび洟《はな》をすすって店の奥に駆けていき、椅子に上ってテーブルに突っ伏す。

「美野里ちゃん」

荘介が呼びかけても、顔を上げる気配はない。

「ズルいよー」

泣き続ける美野里を、荘介と久美は優しく見守った。

しばらくぐずっていたが、泣き疲れたらしく美野里は寝入ってしまった。久美が自分のカーディガンをかけてやる。美野里を見つめる久美は、普段の快活な様子ではなく、落ち着いて大人らしい優しさに満ちていた。

「もしかしたら美野里ちゃんの初恋の相手なのかもしれませんね、荘介さんが」

「そうかな」

「何度も甘い言葉で誘惑したんでしょう」

いたずらっぽく言う久美に、荘介は笑って「そうかもしれない」と答える。

「荘介さんは、すぐ人に好かれちゃいますもんね」

拗ねたように言ってみせる久美の表情は愛らしい。美野里と同じように荘介への愛情にあふれているのが一目でわかる。

「僕は怖がりだから」

「え？」

荘介は照れくさそうに、普段から考えているらしい自己分析の結果を話す。

「きっと人に嫌われるのが怖いんだ。だから、人に好かれるように無意識に動いてしまっているんだろうね」

クスッと笑った久美を荘介は不思議そうに見つめた。

「荘介さんは人が大好きだから、みんなと仲良くなりたいんですよ。そうじゃなかったら、毎日欠かさず歩き回って人に話しかけ続けたりしません」

放浪のことを指摘されて居心地悪く、荘介は救いを求めるかのように店内を見回す。

「そうだ、美野里ちゃんを迎えにきてもらわないとね」

そそくさとショーケース裏のカウンターに向かって電話をかけはじめた荘介の、珍しくうろたえた様子がおかしくて、腹筋の力を総動員して久美は噴きだすのを我慢した。


それから一時間ほど経った頃、常連の和服姿の女性が来店した。

「八重《やえ》さん、いらっしゃいませ」

木内《きうち》八重は週に一度は必ずお菓子を買いにくる。茶道の師範をしていて、お稽古のときのお菓子はすべて『お気に召すまま』のものを使ってくれているのだ。荘介とも久美とも気心の知れた上得意だ。

「こんにちは、久美さん」

にこりと上品な笑みを見せ、八重はイートインスペースに目をやる。美野里に付き添うように座っている荘介のところまで行くと、深々と頭を下げた。

「美野里がお世話になりました。ご迷惑をおかけして申し訳ありません」

「いえ、とんでもない。お送りしても良かったのですが、よく眠っていたので」

八重は困った様子で美野里の頭を撫でた。

「眠ってしまったら、なかなか起きないの。赤ちゃんみたいにパタッと寝てしまうこともしょっちゅうだから未だにおんぶが多いのよ。甘えんぼさんで困るわ」

久美がおそるおそる近づいていく。

「八重さん……。お孫さんがいらしたんですか」

振り返った八重は楽しそうに、にこりと笑う。

「久美さんにはお話ししたことなかったかしら。美野里は次女の娘で、三人目の孫なの」

「え、上にまだ二人も？　お孫さん、おいくつなんですか」

「長男のところに男の子が二人、十歳と八歳。美野里は四歳です」

久美はしばらく言葉もなく立ちつくした。

「……十歳、え、そんなに大きなお孫さんが」

「いるのよ」

「そういう風には見えないです。美野里ちゃんのお母さんに見えます」

「うふふ。こう見えておばあちゃんしてるの」

それでもまだ驚きが消えない久美は、ぽかんとした表情で八重を見つめている。

「さあ、美野里、帰りましょう」

八重が肩を叩いても、美野里はまったく起きる気配を見せない。

「あらあら。これは、おんぶが必要かしら」

「車でお送りしましょう。表まで回しますので、少々お待ちください」

「まあ、ありがとうございます」

丁寧にお辞儀する八重はやはり若々しい。久美はイメージしているおばあちゃん像を刷新する必要を感じた。

八重が抱き上げても、やはり美野里は起きなかった。涙は拭いてやったが、頬はまだ湿り気を帯びている。

「美野里ちゃんは荘介さんのこと、大好きなんですね」

久美が嬉しそうに言うと、八重はふっと感情を押し殺したような顔をした。

「じつは、秘密なんだけど……」

ただならぬ気配に久美は動きを止めた。

「私も荘介さんが大好きなの」

なぜ今さらそんなことを言うのかと戸惑う久美に、八重はずずいと詰めよる。

「うちの主人と荘介さん、交換してくれないかしら」

「だ、だめですよ」

「うちの主人もなかなかいい男よ、荘介さんにはかなわないけど。私に荘介さんを任せてくれたら、きっと幸せにしてみせるわ」

そのセリフがなぜか腹立たしい。むむっと口を引き結んだ表情を八重が楽しそうに見ている。からかわれたことにやっと気づいた久美はつい大声を出した。

「荘介さんのことを一番好きなのは、私ですから！」

「どうしたんですか、久美さん。大きな声ですね」

「荘介さん!?」

ドアベルが荘介の頭上でカランカランと鳴っている。

「い、今の聞いてましたか？」

「久美さんの大声をですか？　はい」

途端に真っ赤になった久美はイートインスペースに駆けていき、美野里の涎《よだれ》の跡を勢いよく拭きだす。我慢ができなくなったらしい八重がクスクス笑いだした。

「久美さん、あとのことは全部お任せしますね。私たちの分も、幸せになってね」

もしかしたら、からかうためだけでなく、荘介を好きだと言った八重の気持ちの何割かは本当なのだろうか。神妙になった久美に八重が言う。

「不幸せだったら、いつでも言って。私も美野里もチャンスをうかがっていますから」

「だ、だめです！　予約済みなんですから」

駆け戻ってきて荘介の腕をぐいっと引きよせる久美に、八重はもう一度言った。

「幸せになってね」

「はい！」

やっぱり、荘介さんのことを好きな人は、みんな大好きだ。

「でも、うちの主人もお勧めよ」

そっと耳元で囁《ささや》き荘介と店を出ていく八重の後ろ姿を、久美は強い視線で見据える。

「油断ならない」

そう言いながらも、温かな気持ちが湧き上がるのを感じた。

苦くて甘いお菓子をください

久美が伝票整理の手を止めて目を上げると、窓の外で藤峰が一生懸命に手を振っていた。いぶかしんでドアを開け、顔を出す。藤峰は小走りに久美の側にやって来た。

「どうしたと、藤峰。なんで入ってこんと」

「他にお客さんがいないか覗いてたんだよ。ここで待ち合わせなんだけど、前もってお願いがあるんだ」

「お願い？　待ち合わせって誰と」

のんびりした久美の態度に焦《じ》れたように、藤峰にしては珍しく早口だ。

「講座の学生。ちょっと込み入った話になると思うんだよね。荘介さんが帰るまで貸し切りにしてもらえないかと思って」

「荘介さんなら、おるよ」

「え！　なんで！　放浪は？」

目を丸くした藤峰の驚きは当然のことと、久美は荘介が放浪を自粛している説明は省くことにした。

「思うところがあるんやろ。待ち合わせって、中に入って待っとくと？」

「いや、ここで待ってるよ」

「じゃあ、札はもう『仕込み中』にしとくけん」

そう言ってドアにかけている『営業中』の木札をひっくり返して『仕込み中』にすると、久美は店内に戻った。

覗きにいくと、荘介は厨房で掃除をしていた。

「店長、朝からずっと掃除してるんですか」

「暇だからね」

『お気に召すまま』のお菓子は売りきりで、朝一番に店に並べたら、基本的に追加を出さない。今日は朝から来店客も少なく、ますます追加は必要ない。そのため仕事もなく、久美にきつく叱られて放浪にも出られない荘介のしょげた気持ちが、八の字になった眉に如実に表れている。

「今から藤峰が貸し切りたいそうです。特別注文が入るんじゃないでしょうか」

荘介の表情がぱっと明るくなる。

「それはいい。星野さんと一緒ですか？」

「いいえ、藤峰が教えている学生さんと待ち合わせだそうですよ」

機嫌が良くなった荘介はさっさと掃除を終わらせるべく手を動かす。カランカランとドアベルが鳴り、久美は店舗に戻った。

「いらっしゃいませ」

元気よく出迎えたが、藤峰と一緒に入ってきた青年は、ちっとも元気そうではない。とても細くて青白く、なにか病気なのだろうかとも思われた。だが、目には力があり、姿勢もいい。どこか不安になるようなアンバランスさを感じさせる人物だ。

「木月《きづき》くん、どうぞ座って」

藤峰が青年をイートインスペースに案内してさっと椅子を引く。青年は礼儀正しくお辞儀をしてから腰かけた。

久美がコーヒーを淹れようと準備していると、藤峰が声をかける。

「お水か牛乳にしてほしいんだけど」

「牛乳？」

振り返って疑問を口にすると、青年が頭を下げた。

「私の嗜好のせいです。驚かせてすみません」

「あ、いえ。ええと、お水をお持ちしますね」

グラスに氷と水を入れてレモンスライスをのせようとすると、藤峰が慌てて止めた。

「それもなしで」

「え、あ、そう……」

久美は内心で首を捻りながらグラスをテーブルに運んだ。

「あの、アレルギーがあるんですか？」

グラスを置きながら尋ねると、木月は申し訳なさそうに久美から視線をそらした。透明の水を透かして見ると、木月の青白い皮膚はますます病的に見える。

「食物アレルギーはありません。ただ、命をいただくことをやめたんです」

「命をいただく」

久美が復唱すると、木月は水で唇を湿らせてからちらりと久美を見た。

「食べ物を扱うお店でこんなことを言って、すみません」

なんの話かわからず藤峰を横目で見ても、困った様子で水をちびちび飲んでいるだけで会話に入ってくる様子はない。

「ええっと、本日はご試食用のカステラがあるんですけど、召し上がり……」

勧めようとしたが、それより早く木月が首を横に振った。

「ませんね」

久美は戸惑って藤峰を見たが、藤峰は相変わらず困った表情で久美を見返すだけだ。

「あのう、カステラは卵と小麦粉と砂糖と水飴が材料です。お肉もお魚も入っていませんし、命をいただくわけじゃないのでは」

木月は目を伏せたまま、穏やかな表情を変えることなく答える。

「小麦粉も砂糖も植物の命からできています。水飴も、卵も生きていました」

「えっと、卵は無精卵だから、大丈夫かと思うんですけど」

木月は悲しげにテーブルを見つめる。

「有精卵が交ざることがあるという噂を聞いたのです。それを思うと、口に入れるのが躊躇われます」

「コーヒーはいいんじゃないですか？　木を切り倒したわけじゃないですし」

「コーヒー豆が歩むはずだった生を飲むことはできません。私は生命を奪って生きていくことに疲れたんです」

コーヒー豆が芽を出して木になるまでの時間に思いを馳せながら、久美は牛乳をグラスに注いで木月の前に置いた。エネルギーを補給すれば、木月も少しは元気になるかと思ったのだ。

「牛乳は生物じゃないですもんね。でも牛乳だけじゃ生きていけないでしょう」

「あとは、花の蜜を飲むこともあります」

「あ、じゃあ、蜂蜜も？」

「いいえ、ミツバチの苦労を思うと、悲しくなって」

掃除道具のかたづけを終えたらしい荘介が店舗にやって来た。

「いらっしゃいませ」

木月は顔を上げて荘介をじっと見つめた。

「お邪魔いたしております」

藤峰も荘介をじっと見つめる。

「荘介さん、相談があるんです。少し、話を聞いてもらってもいいですか」

「わかりました」

荘介が静かに腰かけると、藤峰が普段は見せない真剣な表情で話しだした。

「こちらの木月くんは仏教徒ではないんですけど、殺生戒《せっしょうかい》を重んじてるんです」

「動物を食べないということでしょうか」

木月は肯定か否定か判断しにくい曖昧な表情を浮かべる。

「植物もです。生きているものの命、すべてを奪いたくないのです。小学生の頃から食べることに罪悪感を持っていました。ですが親からもらった命です。せめて生き方も親に倣おうとがんばってきたのですが、私は挫折しました」

口を噤み、目を閉じてしまった木月の代わりに藤峰が荘介に説明する。

「成人して、ご両親から好きなように生きなさいと言ってもらったそうなんです」

荘介は膝に手を置き、優しく尋ねる。

「罪悪感を持ったのは小学生の頃からということですが、なにかきっかけがあったのでしょうか」

「鶏が目の前でさばかれるところを見たことが原因の一つです。両親はできるだけ自然の状態に近い暮らしがしたいと、私が五歳のときに山村に引っ越しました。山菜を摘んで、木の実を拾って、鶏を飼って。とても楽しい生活でした」

目をそっと開けたが、木月の目はぼんやりしてなにかを見ているのか判然としない。なにも見ていなくて、ただ昔を思いだしているだけなのかもしれない。

「その頃、お寺が経営している幼稚園に通っていたため命をいただくということに畏怖を感じてはいました。しかし実際に生きているものが命を失う瞬間を目にして、その生々しさに恐怖したのです」

木月は両手のひらに視線を落とした。

「両親がさばいた鶏肉が食卓に並び、私は箸で鶏肉をつかみました。その重さがさっきまで生きていた命なのだと思った瞬間、吐いてしまったのです。食卓は汚れて鶏肉は食べられることなく捨てられてしまいました。あのときの鶏の命は、ただ捨てられるためだけに消えたのです。そうさせたのは私です」

顔を上げた木月は荘介の視線から逃げるように窓の方に目を向けた。

「あの方は、お客様でしょうか」

ぽつりと呟いた声に皆が顔を向けると、広い窓の外から店内を見ている女性がいた。四人の視線が注がれていることにも気づかず、ぼうっとショーケースの辺りに目をやっている。久美は申し訳なさそうに言う。

「そうかもしれませんが、本日は木月さんの貸し切りに……」

木月は久美に目を向けた。

「私でしたら大丈夫です。あの女性は、なんだかすごくお店に入りたそうに見えます」

実際、久美もそう思う。藤峰に視線を送ると「そうだね」という静かな答えが返ってきた。久美はドアを開けて木札を『営業中』に戻すと、小走りに女性の側に近よった。

「こんにちは。よろしかったら、中でご覧になりませんか？」

二十歳そこそこに見える女性は病的に痩せていた。突然話しかけられたというのに驚くこともなく、依然、ぼうっとしている。やっと反応したと思っても、ほんの少し久美の方へ顔を動かすだけだ。

「大丈夫ですか？　具合が悪いんですか？」

少し間が空いて、女性はこくりと頷く。ふらふらと倒れそうになった女性の背を、久美が慌てて支える。

「どうぞ、休んでいってください。少しでも座って」

女性はまた、こくりと頷いた。

店内に戻り、テーブルを挟んで木月と離れた席に女性を案内した。女性は崩れ落ちるようにして座り込む。ぐったりと俯くと、長い髪で顔が見えなくなった。どことなく垢じみた感じがするのは、髪がぼさぼさで服に毛玉がたくさんついているせいだろう。

久美はグラスに冷たい水と、マグカップにホットミルクを注いで女性の前に置いた。

「どうぞ」

女性はホットミルクに手を伸ばそうとしたが直前でやめて、水のグラスを取り一気に飲み干す。ガリガリに痩せた喉が動いて水を飲み込む様子が痛々しい。久美はそっと目を伏せた。息を切らす女性に水のお代わりを注いでいると、木月がまた話しだした。

「私にとって生きているものを食べることは苦しくて辛いことでした。牛乳と花の蜜だけで暮らしている今は、命を奪わなくていい。それだけで満足です」

「荘介さん、僕は木月くんに食べることは楽しいんだと思えないか試してもらいたくて、ここに来てもらったんです。木月くんのためにお菓子を作ってもらえませんか」

藤峰の気遣いを申し訳なく思っているのだろう。木月がそっと浮かべた微笑は寂しげだ。

「先生、私は本当にいいんです。牛乳が飲めて生きていられるだけでありがたい。お菓子を作ってもらうなんて贅沢《ぜいたく》なことは望みません」

「作ってもらったらいいじゃないですか」

女性がぽつりと言った。みんなの視線を受けて、俯きがちだった女性はグラスを握っていた手を膝に下ろして、頭を下げた。

「すみません、お話に割り込んで。私も食べることが辛いから、つい」

ぼそぼそと喋る声は聞きとりにくいが、一番遠くにいる木月はしっかりと耳を澄まして聞いていた。

「あなたは窓越しにお菓子を見ていたかと思いましたが、食べたいのではないのですか」

木月の言葉に、女性はますます深く顔を伏せる。できることなら小さくなって消えてしまいたいとでも思っているかのようだ。

「このお店のお菓子は、みんなきらきらした宝石みたいで、私なんかが食べていいものじゃありません。だって、全部吐いちゃうから」

「胃腸の病気があるのですか？」

女性は椅子の背にかけたカバンから調剤薬局の名前が入った袋を取りだした。そこには女性の名前が『渡瀬布由《わたせふゆ》様』と印字されている。それと、聞き馴染みのない薬の名前、受診している病院名も記されている。

「メンタルクリニックに通っていらっしゃる。もしかして摂食障害ですか？」

直截《ちょくせつ》な木月の問いに頷いて、布由は黙ったまま袋をカバンに戻した。

「見ず知らずの方に病気の話をして、気味悪いでしょ。命がどうとか考えもしないで大量に食べものを飲み込んで全部吐きだして。命を無駄にしている私を軽蔑するでしょ」

嫌われたいと思ってわざと呟いているようにも聞こえるが、布由は投げつけられる石に脅えているかのように震えている。木月は淡々と、だが丁寧に話す。

「あなたには、あなたの事情がある。私と同じ目線で世界を見る必要はありませんよ」

布由は上目遣いに木月を見た。すぐにまた顔を伏せてしまったが、震えは止まった。

「あなたは、どんな目線で世界を見ているんですか」

小声だが、布由が木月と語りたいと思っていることは、はっきりと伝わった。

「私は世界のどんな生き物よりも弱いのです。食物連鎖に入っていく勇気がなくて、生きているものが死ぬのを見るのが恐ろしくてしかたない」

布由を脅えさせないようにという配慮だろう。木月の答える声はごく静かだ。

「私こそ、どんな人より弱いです。だから嫌われて当然なんです。みんなが私を嫌ってる。あなたも私みたいな迷惑な客と一緒にいるのは嫌でしょう」

布由が自虐的なことを話すのは、否定してくれるのを待っているからなのかもしれない。久美は「そんなことはない」と言おうとしたが、それより早く木月が答えた。

「私はあなたのことを、好きでも嫌いでもありません。あなたのことをなにも知らないのですから。あなたを嫌う人が何人いるかはわかりません。ですが私と同じように、あなたになんの感情も持たない人が地球上には何億人もいる。あなたを嫌いでない人が」

布由は驚いて目を丸くした。

「何億人もが……私を嫌っていない？」

「その何億人の中には、あなたのことを好きな人も何人かはいるでしょう」

強く首を横に振ったため、布由の髪が乱れた。そんなことにかまう余裕もないようでテーブルに身を乗りだす。

「考えたことないです、そんなこと。私を好いてくれる人がいるなんて」

布由が話すのをやめると店内はしんとした。自分の心臓の音が聞こえそうなほどだと久美は思う。窓の外には人通りがあり、空を見上げれば日の光や鳥の声に生命力を感じられるだろう。ガラス一枚向こうにあるそんな世界が、今は作りもののように思われた。

静かな空気を破らない、そっと小さな声で、荘介が口を開く。

「お菓子を作りましょう。乳製品で」

それは木月に言っているのか布由に聞かせているのかはわからない。どちらにも優しく、どちらにも挑戦的だ。

「好きか嫌いか、それとも、どうでもいいか。出来上がったお菓子をどう思うかはご自由に。ですが、まずは僕が作るお菓子の味を知っていただきたいのです」

室内の静かで、どこか悲壮な感じさえする空気を乱したくなくて、久美はベルを鳴らさぬようにドアを開け、店を貸し切りにすべく再び木札を『仕込み中』に替えた。

木月はそんな久美をじっと見ていて、振り返った久美と目が合うと、小さく頭を下げた。久美の気遣いが後押しになったのだろう。木月は側に立つ荘介を見上げた。

「お願いします」

「お任せください」

荘介は微笑んでみせると厨房に入っていった。木月は布由に向かって言う。

「あなたも召し上がってください。優しい人たちが作ってくれるお菓子は、きっと私たちのためになってくれるでしょう」

「私は……、私にはもったいなすぎるから」

布由は木月の方を見ないようにしているのか俯きがちだ。

「それでは好きでも嫌いでもないままですね。もしかしたら嫌いな味でたくさん食べられないかもしれませんよ」

「そんなわけないです。私はどんなにまずくても、飲み込めて吐ければ、それでいいんですから」

今、なにかを吐きだそうとしているかのように顔をしかめた布由はとても苦しそうだ。

その姿をじっと見ている木月はなにも考えていないのか、それとも深く瞑想しているのか、とても静かな目をしていた。

「私はカウンセリングを受けていた時期があります。小学生の頃です」

布由は上目遣いに、語りだした木月を見据える。なにか嘘があり騙されるのではないかと脅えているようだ。

「食に対する恐れの要因を探り、認知のゆがみを整えるというようなことを目的としたカウンセリングです。自分が体験して思ったことを話すように諭されました」

誰も相槌を打たなかったが、木月は気にすることなく静かに語り続ける。

「私は話すことを拒否しました。今の私を変えて、なにも考えずに命を貪《むさぼ》っていた私には戻れない。二度と戻りたくないと思ったのです」

戻りたくないと言う木月は、どこまでも静かで穏やかだ。命があまりに重いことを知ってしまった小学生の木月は、どんな表情をしていたのだろうか。無邪気な子どもに戻らないという決意は、木月の顔をどれほど曇らせただろう。

「私一人では、ものを食べるのが怖いのです。お付き合いいただけませんか」

木月の静かな表情の中、目だけが不安に揺れている。食べるということに真剣に悩み、本当に傷ついてきたのだろう。同じ思いを持っているのか、布由は胸に顔を埋《うず》めるようにして深く俯いた。

「わかりました。食べます」

真っ直ぐに前を見る木月、上目遣いにうかがうような布由。そっと視線を合わせた二人の決意の邪魔にならないように、久美は囁くように言う。

「では、お菓子はお二人分、ご用意いたします」

注文を通すため、久美は厨房に入る。荘介はすでに調理に入っており、鍋を火にかけて木べらを動かしていた。優しく温かな乳製品独特の香りがする。

「荘介さん、女性のお客様からも同じお菓子をご注文いただきました」

「多めに作っていますので、大丈夫ですよ」

久美はとことこと荘介の側に近づき、鍋を覗き込んだ。

「白いですね」

「牛乳ですから」

「本当に牛乳だけなんですか？」

「いえ、風味をより良くするために無塩バターも使っています。仕上げに花蜜で香りも付けますよ」

ふつふつと細かな泡を立てて牛乳は煮詰められていく。久美は膨大な回数の見学と試食で得た豊富なお菓子の知識を披露しようと、胸を張って商品名を言いあてた。

「生キャラメルですね！」

「正解。冷ますのに時間がかかりますから、お飲み物のお代わりを勧めてほしいところですが。お水を何杯も勧めるのもどうでしょうね」

「ホットミルクをお勧めしてみます」

「そうしてください」

久美が店舗に戻ると、木月は藤峰と宗教学について難しい議論を交わしていた。布由はマグカップの中に入り込もうとしているのかと思うほど、牛乳に顔を近づけている。

「ミルク、冷めてしまいましたよね。温かいものと交換しましょうか？」

布由は首を横に振った。テーブルに垂れた髪がマグカップを叩く。

「牛乳はだめです。乳脂肪分が多いから。乳糖も。太っちゃう」

太ることを気にしているが、布由は健康を害しているのではないかと思われるほど痩せている。そんな気持ちが伝わったのか、布由は小さく呟く。

「ごめんなさい」

「なにがですか？」

「牛乳。せっかく温めてくれたのに飲みもしないで。お菓子も見ないで」

「謝る必要なんて、全然ないです。私が無理に店内にお呼びしたんですから」

布由は無言でこくりと頭を下げた。久美が優しく言う。

「無脂肪乳は準備がないんです。ごめんなさい」

顔を上げた布由は、ぶんぶんと首を横に振る。

「本当は私だって知ってるんです。生きていくにはカロリーが必要だって。でも体のためって言われても怖いんです。食欲に逆らえずに食べて、食べたら太ると思って吐いてしまうんです」

木月との会話を中断した藤峰が布由に尋ねる。

「あなたは、本当は食べたいんですか？　健康になるために」

「健康になりたい。こんな私はもう嫌なんです。ごめんなさい、気持ち悪くて。ごめんなさい、食べ物を無駄にして。ごめんなさい、言うだけでなにもしなくて」

ふるふると布由の肩が揺れる。泣いているのではなく、誰かに罰せられることに脅えているのだ。だが、同時に罰せられたくて、自分の弱みをさらけだしているのだろう。

布由を見る木月の目が潤んでいる。同情だろうか、共感だろうか。どちらにしても、それを伝える気はないようで、口を開く様子はない。

ホットミルクのマグカップを下げようと、久美がカップに手を伸ばしたとき、布由はびくりと身をすくめた。久美は気づかなかったふりをして、美容にいい茶葉を数種類ブレンドしたオリジナルのお茶を淹れて布由の前に置いた。

「ノンカロリー、ノンカフェインです。自律神経を整えるのにも美肌にもいいですし、女性に優しいお茶をブレンドしています。どうぞ、召し上がってみてください」

布由はすぐに手を伸ばしてそっと口をつけた。

「美味しい」

温かな飲み物にほぐされたようで、布由の表情がやわらかくなった。久美は嬉しくなってお菓子の宣伝をする。

「ノンカロリーでしたら、ところてんや寒天もありますし、ちょっとエネルギーはありますが、おからクッキーとか……」

「ところてんとかこんにゃくで食欲をごまかそうとしたことは何度もあります。でも、お腹にものを入れたら全部台無し。食欲が止まらなくなってカロリーの高いものをドカ食いしてしまって。そうしたら罪悪感がすごくて全部吐くんです」

布由はちらりと木月を上目遣いに見た。木月は澄んだ目で布由を見つめている。

「軽蔑したでしょう?」

木月は気にしていないと態度で表すため、軽い調子で布由の言葉を受け流した。

「人は過食嘔吐するという一面だけで語られるものではないですから。軽蔑したかと言われたら、私こそ軽蔑されておかしくない人間です」

布由は不思議そうに木月を見つめる。

「私は子どもの頃から食の問題で、両親に心配ばかりかけてきました。生きるために必要最小限のものを無理やり飲み込み続けました。学校の給食も、残すどころか箸もつけず、担任の先生は私のために何日、何時間も昼休みをふいにしました。今日も藤峰先生が私のために時間を割いてくれています」

「いや、僕は好きでやっていることだから」

藤峰が慌てて言うと、木月は藤峰に向かって深く頭を下げた。

「ありがとうございます」

「やめてよお。僕なんかなんの役にも……」

感謝の言葉が重すぎて身を捩って困っている藤峰が、ぽんと手を打つ。

「そうだ、説明してなかったけどね。この店は注文したらどんなお菓子でも作ってくれるんだよ。それに落ち着くでしょ、このお店」

「はい。店長さんも店員さんも信頼できるお人柄です。連れてきてくださり、ありがとうございます」

今度の感謝の言葉には胸を張って応えることができると、藤峰の声が明るくなった。

「荘介さんなら絶対に、木月くんが気に入るお菓子を作ってくれるよ」

布由が久美を見上げる。

「今の話、本当ですか？　注文したら、私の過食嘔吐が止まるお菓子もできますか？」

久美は力強く頷く。

「絶対に作ります」

布由の頬に微笑のようなものが、ちらりと見えた。

「お待たせいたしました」

荘介がお菓子を運んできたとき、席を移動した布由と木月は隣りあって座り、好きな動物の話で盛り上がっていた。藤峰と久美はそれを微笑ましく見つめている。

「生キャラメルです」

荘介がテーブルに置いた皿には薄い蠟引き紙が敷かれ、その上に二センチ角の生キャラメルがピラミッド型に積み上げられていた。薄く黄色がかった乳白色で、いかにもやわらかそうに角が丸い。木月が不安げに荘介に尋ねる。

「材料はなんでしょうか」

「牛乳と無塩バターを煮詰めて、ヤシの花蜜糖で香りを付けています」

木月と同じように、布由もまた不安げに呟く。

「牛乳、バター、糖。それって太りますよね」

「人間には三大栄養素が必要だと言われていますが、ご存じですか」

「糖質、脂質、タンパク質。この生キャラメルって、全部入ってるじゃないですか。太りますよね」

「必要な栄養素をバランス良く摂取したら、太りますか？」

荘介の問いに布由は目を瞑って、何度も首を横に振った。

「この生キャラメルを食べて、それで大幅に栄養価が偏るというのなら、お勧めしません。そうではなく、ご自分に必要だと思われるなら、ぜひ召し上がってください」

　布由は顔を伏せて考え込んでしまった。荘介は木月に向きあう。

「乳製品と花の蜜だけ使用しました。命を奪わず、借り受けたお菓子です」

「命を借り受けるとは？」

　木月は聞かずともわかっているだろうと思わせる、なにかを悟った人間の顔をしている。

「生きているものたちが命をつなぐために必要な力を少し借りているんです。牛が子に与えるための牛乳を、花が受粉の手助けをしてもらうために昆虫に与えるための蜜を」

　木月はぽつりと呟く。

「命を奪わないお菓子ですね。力を少し借りてもいいのですよね」

「はい」

　短い荘介の返事を聞くまでもなく、木月は知っていただろう。背筋を伸ばし、腕をしっかりと上げて生キャラメルに手を伸ばした。

「お先に」

　布由に向かって言うと、布由は弾《はじ》かれたように顔を上げた。生キャラメルを一粒つまんで大切そうに口に含んだ木月は、小さなキャラメルとは思えないほど、顎と頬の筋肉を酷使するようにして噛みしめる。一噛み、二噛み。それで生キャラメルは溶けてしまったのだろう。木月の喉が動いて、飲み込んだことがわかった。木月は体中の空気をすべて吐きだしてしまうのではないかと思うほど、とても深いため息をついた。

「噛むということは、こんなに大変なことだったでしょうか」

その疑問に興味を惹かれたようで、布由もキャラメルを取ると、目をぎゅっと瞑って口に入れた。途端に布由は目を見開き、両手で頬を押さえ、きらめくような笑みを浮かべる。そのままじっと動かずに数十秒が経った。

「……美味しい。みんなとろけて喉の奥に流れていっちゃった」

布由と木月は同じタイミングで生キャラメルに手を伸ばして、顔を見合わせた。幸せいっぱいといった布由、苦悩にまみれた木月。二人は互いに不思議そうに相手を見ていたが、見ていても答えは出ないとわかったのか、キャラメルを手に自分の世界に戻った。布由はどこまでも幸せそうに。木月はどこまでも苦しげに。

キャラメルのピラミッドが残り三つになったとき、木月が手を止めた。

「疲れました」

言葉のとおり、木月は疲労困憊《こんぱい》といった様子で椅子の背にもたれ、俯いた。

「食べるということは、これほど力を使うことだったのですね。私はそんなことも忘れるほど、食から目を背けていました」

顔を上げて布由を見つめ、木月は微笑む。

「このお菓子は苦いですね」

布由は不思議そうに木月を見返す。

「とても甘くて天国みたいですよ。まるで天使が壺に溜めた光の蜜みたいに」

うっとりと目を瞑る布由はテーブルに置いた両手の指を絡め、満足そうに語る。

「口に入れるとすごく幸せな甘さが、さあっと溶けて、喉を滑ってお腹に落ちるの。そうしたらそこから温かい力が全身に巡っていって指先まで温かくなったの」

ぱちっと目を開けた布由が木月に尋ねた。

「この生キャラメル、あなたはまずいと思うんですか？」

悲しみを感じさせる表情で木月は布由の血色の良くなった指先を見る。

「いいえ。すばらしく美味しいです。ただ、苦いと感じるのは私が自分の体を大切にしていなかったと思い知ったからです。私の食べるための力は弱っていました。このやわらかなものを噛むだけで、恐ろしいほどの力を使わないといけなかったんです」

重いものを背負ったかのように木月は膝に手をつき背中を丸めた。背負うものは後悔だけではないだろう。自らの信念に対する疑問、気にかけてくれた人たちへの罪悪感。

「親からもらった体をこんなに脆《もろ》くして。ものを食べないことを認めてくれた両親の苦悩に、私は気づきませんでした」

木月が動かなくなってしまった。布由は残った三つのうち二つの生キャラメルを大切そうに口に含み、じっと溶かして食べる。

「ねえ、最後の一個、食べて」

布由の言葉に木月は顔を上げた。

「ごめんなさい。三個あったのに一個しか残せなかった。でも、一個だけは残せたの。だから最後の一個はどうか、あなたが食べて」

木月は頷いて最後の一つを口に入れた。また、ぽつりと言う。

「苦いですね」

布由が優しく尋ねる。

「なにが？」

「生きているということが」

「でも」

満足げに微笑む布由は美しかった。

「このお菓子はとても優しいです」

木月は誰にも顔を見られないほど深く頭を下げ、ほんの少し、揺らした。

布由は生キャラメルを食べて元気が出たらしく、店内の隅から隅まで見て、たった一つ、バターレーズンサンドを買って店を出た。

「大切に食べます」

そう言って笑った布由は、もう倒れそうには見えない。しっかりとした足取りで駅の方に歩いていく。

見送りを終えて店内に戻った久美は、木月の視線を受けて立ち止まった。

「彼女は強いですね」

「強い、ですか？」

木月は深く頷く。

「病気に負けず、自分に必要なものを選び取った。私にはできません」

藤峰が木月の肩をポンと叩く。

「木月くん。この店はイートインできるけど、もちろん持って帰ることもできるんだよ。どうかな。今の生キャラメルはお気に召さなかった？」

木月は藤峰を見つめ、荘介を見つめ、久美を見つめた。そうして自分の胸の中を見つめているかのように目を瞑った。

「とても美味しい生キャラメルでした」

店内にはさまざまなお菓子の香りが漂っている。その中に、今はもう消えたはずの生キャラメルが優しく香っている。

「私はもう一度、食と向きあってみようと思います」

木月はしっかりとした声でオーダーした。

「苦くて甘いお菓子をください」

その表情がいつか、もっとやわらかくなることを願って、荘介は小さく頷いた。

おかしなガーデンパーティー

「久美さん。大切な話なんです。こちらを向いてください」

荘介は真剣な表情で久美を見つめる。

「いえ、もういいです。意見が合わないことは、はっきりしました。私と荘介さんは趣味が違いすぎるんです」

久美はそっと目を伏せた。

「趣味が違っても、尊重しあえるのがいい夫婦なのではないですか」

「私が擦《す》りあわせようとしても、一歩も譲らないのは荘介さんじゃないですか」

必死で訴える荘介の声が一段、大きくなる。

「だって、こんなにかわいいドレスが満載なんですよ。全部着てほしいくらいなんだ」

荘介が何冊も抱えたウェディングドレスのパンフレットを、久美はさも嫌そうに眺めた。

普段の荘介は飄々《ひょうひょう》として、なにごとにもこだわりなどないかのように見える。しかし荘介と付き合いだし、そんなことはないのだと久美は知った。とくにひどく執着するのが、久美を着飾らせることだ。

　久美は元来、衣服に特別なこだわりがない。動きやすく、洗濯しやすく、清潔であればいいと思っている程度。だが荘介はそれでは満足してくれない。久美を着せ替え人形と思っているのではと疑うくらい服を買い与えようとする。それを拒む労力が大変なので、久美は荘介とはショッピングに行かないことにしたほどだ。

「そもそも、私は結婚式とか披露宴とかしない方がいいと思っています」

「なんでですか。和装、洋装、お色直しもできるんです。楽しいですよ」

「着替えなんて面倒くさいですし、それになにより、披露宴！　そんなことしたら、私は泣きますよ」

　力強すぎる久美の声に、荘介はきょとんとした。

「どうして」

「みんながご馳走を食べているのに、自分はじっと見ていなければならないんですよ。そんなの耐えられると思いますか」

「たしかに、久美さんには苦行かもしれないね」

「おわかりいただけましたか」

「ですが」

平行線をたどる会話を止める、カランカランというドアベルが鳴った。

「こんちはー、『由辰《よしたつ》』でーす」

元気に入ってきたのは出入りの八百屋『由辰』の女将《おかみ》、安西由岐絵《あんざいゆきえ》だ。大柄で力持ちの由岐絵はのしのしとイートインスペースまで進み、大きな段ボール箱をひょいとテーブルに置いた。

「どうしたんですか、由岐絵さん。今日は配達のない日ですよね」

「差し入れを持ってきたのよ。はい、久美ちゃん。ほれ、荘介」

段ボール箱から取りだしたグレープフルーツを、遠投でショーケースの側にいる久美と荘介に投げる。

「よく熟れてるから、甘いよー。で、本題はこっちね」

箱の中を指差すので、久美と荘介は寄っていって中を覗いた。

「うへあ」

久美は嫌そうに顔をしかめて妙な声を出した。荘介は嬉々として箱の中身を取りだす。

「結婚式場のパンフレット。こんなにたくさんどうしたの、由岐絵」

「資料請求っていうのを片っ端からしてみたわ。二人のことだから、まだなにも決まってないんじゃないかと思って」

荘介とは幼馴染みで久美とも長い付き合いの由岐絵は、二人の性格も行動もよく理解している。

「中には、式場見学の予約をすると披露宴用の料理を試食できるっていうパンフレットもあるわよ。はい、久美ちゃん」

「試食ですか！　すごい！」

「じゃあ、久美さん。さっそく予約して……」

グレープフルーツを握り締めて電話に向かおうとする荘介の前に回り込んで、久美は大きく手を開き、通せん坊をした。

「その手には乗りませんよ。私が試食に夢中になっている間に式場の予約を済ませるつもりでしょう」

「なんでバレたんだろう」

由岐絵が豪快に笑う。

「浅はかな作戦だからよ」

「そう言う由岐絵なら深謀《しんぼう》遠慮した作戦を立ててくれるんじゃないかな」

「なに、それ」

荘介は幼馴染み故に気軽に由岐絵を頼る。

「僕は久美さんに花嫁衣装をいろいろ着てもらいたいんだけど、久美さんが」

「まっぴらごめんです」

「って言うんだ」

二人の息の合った会話を感心したように聞いた由岐絵は、聞き取り調査を始めた。

「久美ちゃんはなんで花嫁衣装が嫌なの？　ドレスや白無垢に興味なし？」

少し考えてから久美は答える。

「それは私だって少しは花嫁姿に憧れます。でも、荘介さんの意見はそういうことじゃないんです」

「荘介、あんたはなにを申し立ててるの」

「久美さんのかわいいドレス姿が見たいんだけど、嫌がられているんだ」

うんざりした気持ちをそのまま表情に出して、久美が由岐絵に縋りつく。

「何回もお色直しするような披露宴がいいって言うんですよ、荘介さんは」

「ふむふむ。お色直しなしでかわいいドレスを着た久美ちゃんが見られる式にすればいいんじゃないの？」

荘介が悲壮な顔で言い募る。

「一着だけなんて、もったいない。結婚式は二度とないんだよ」

「またの機会もあるかもしれないじゃないですか」

久美がさらりと述べたことに荘介は真っ青になって、久美の両肩をつかもうとする。片手に握っているグレープフルーツが邪魔で久美に手渡し、改めて久美の肩をつかんだ。

「久美さん、本気ですか」

「なにがですか」

「人生において、結婚式を二度挙げることも視野に入れているんですか」

「……あ」

結婚を二度するなら、一度は離婚する必要があることにやっと気づいた久美は「てへ」と言って舌をぺろりと出してみせた。

「間違えました」

荘介は安堵の息をはいて久美にもたれかかる。

「驚かさないでください」

「日本語って難しいですね」

「言語の問題ではなかったけどね」

二人の漫才を見飽きている由岐絵は気にすることもなく、段ボール箱からもう一冊、パンフレットを取りだした。

「前撮りでドレスを二着選べる写真スタジオってのもあったわよ」

「それだ！」

荘介が飛びつき、久美は嫌な顔をする。

「久美さん、写真だけなら……」

「だから、着替えが面倒くさいんですってば」

進まない会話に飽きた由岐絵は、パンフレットの整理を始めた。ホテルの式場、洋館一棟貸し切り、明治時代から残る貴賓館のレストランブライダル、日本式庭園の短時間お茶会プラン。写真館の前撮りは十数冊のパンフレットがあり、分類のしがいがあった。

黙々と作業を終え、由岐絵はドアに向かう。

「じゃ、私は帰るわ」

漫才を続けていた荘介と久美は揃って由岐絵の行く手を塞ぐ。

「助言をくださいよう、由岐絵さん」

「由岐絵、なにかいい案はない？」

既婚者である由岐絵ならばアドバイスをくれるだろうと、二人は縋りつくようにして詰めよる。腕組みした由岐絵はいかにも頼もしい。

「意思確認しましょうか。荘介は結婚式をしたい。披露宴も」

「そうだよ」

「久美ちゃんはなにもしたくない」

「なにもってほどではないですけど」

荘介が強い視線を久美に向ける。

「じゃあ、ドレスを……」

「それは嫌ですってば」

「荘介、あんたはちょっと黙ってなさい。久美ちゃんはどのくらいなら譲歩できるの」

堂々巡りを止めるため、由岐絵は声で威厳を示した。叱られた荘介はショーケースの裏に入り、久美は頬を突っつきながら考え考え話す。

「結婚式に憧れはあります。由岐絵さんと紀之《のりゆき》さんの結婚式、すてきでしたから」

「じゃあ、僕たちも」

「うるさい、荘介。お黙りなさい」

由岐絵にぴしゃりと言われ、荘介は口を噤んでしょんぼりする。

「披露宴は？」

「美味しいものが食べられないので嫌です」

「花嫁衣装は？」

「お式をするなら必要ですよね。しかたないです」

「写真の前撮りは？」

「うーん、まあ、記念にはなるかな」

てきぱきと聞き取りを進めていく由岐絵は次の質問に移る。

「ふむふむ。じゃあ、久美ちゃんからの要望はなにかある？」

荘介の要望を否定するばかりで自分の意見を言っていなかったことに、久美は初めて気づいた。

「お世話になった方を招いてお礼を言いたいなっていう気持ちはあります。お一人お一人を訪ねるのは無理だから、披露宴っていうのは便利なシステムですよね。でも」

「美味しいものが食べられないんじゃ、宴じゃないと」

「それです、由岐絵さん！　今、わかりました。私は宴を催したいんです！」

二つのグレープフルーツを胸の前でぎゅっと持つ久美が握り潰す前にと、荘介が受け取りに出てきた。テーブルに二つをきちんと並べて置いてから、荘介は振り返った。

「僕は宴会は嫌だよ」

「ほお。荘介にしてはきっぱり否定してきたね」

「宴会だったら、久美さんは絶対にドレスも打掛《うちかけ》も着てくれない」

久美がむっと眉をひそめる。

「また元に戻りましたね」

「僕は考えを変える気はありません」

「頑固者」

「はい、そうですよ」

由岐絵が手のひらを、ひらひらさせながら二人の顔の間に差し込む。

「そんな二人に最適なプランがあったわよ」

先ほど分類したパンフレットの中から、一冊をさっと取りだして見せた。久美が表紙の文字を読む。

「レストラン貸し切りガーデンパーティープラン」

「わりとカジュアルなレストランでしょ。でもガーデンパーティーって言うくらいだから簡単なドレスは着るでしょ」

荘介と久美はパンフレットを覗き込んで熟読する。

雨の日は屋内での会食になるが、晴れた日はレストランの広い庭でパーティーを催すことができる。

料理はシェフ自慢の洋食をビュッフェスタイルで。お酒の種類が豊富なのも売りのようだ。パンフレットの中面には庭で立食パーティーが開かれている様子が写っている。

「美味しそうですよ、荘介さん」

「これぐらい広い会場なら、ドレスでも歩けますね」

「ビュッフェだったら新婦が食べていてもおかしくないですよね」

「お酒がたくさん飲めそうでいいわねー」

由岐絵も交ざって盛り上がる。

「たくさんって言っても、由岐絵さんは一杯で眠っちゃうじゃないですか」

「でも、好きなんだもん」

「お酒は班目に任せて、由岐絵は食べる方に専念してよ」

はっと息を呑む音に荘介と由岐絵が顔を向けると、久美が怖いほど真剣な顔でパンフレットを見つめていた。

「荘介さん、由岐絵さん、見てください、ここ。これ、鶏の丸焼きじゃないですか？」

久美が指差し、三人で頭をつき合わせてパンフレットを覗き込んだ。

「そうみたいだね」

「豪勢ね」

「ここにしましょう」

力強く久美が宣言する。

「ガーデンパーティーにしましょう」

荘介がそっと尋ねた。

「ドレスは？」

「ガーデンパーティーにふさわしい簡単なものなら」

「前撮りはやっていいんだよね？」

「……わかりました。それはがんばります」

荘介は破顔して久美の両手を取り、ぶんぶんと振る。

「久美さん、一つ提案があります」

「なんですか」

秘密の話をするように荘介が声を潜めた。

「デザートビュッフェもやりませんか」

久美の目がきらりと光る。

「それはもちろん」

荘介が「そう、もちろん」と言葉を引き継ぐ。

「『お気に召すまま』のお菓子で」

無事に方向性が決まり一仕事終えたと満足した由岐絵は、必要なくなったパンフレットの山を段ボールに詰めて店を出ていった。

二人でさんざん握り締めたグレープフルーツを搾ってジュースにして、厨房で休憩することにした。

「ご招待するのは、親戚と友人と、できたら常連さんにも来ていただきたいですよね」

ジュースを一気に飲み干して久美が言う。荘介は静かにグラスを口に運ぶ。

「そうすると、ご祝儀が問題になるね」

「お気になさらずって言っても、きっと、持ってきてくださる方がいますよね。それを当日、固辞するのは難しそう」

荘介は腕組みして天井を見上げる。

「うーん。募金箱を設置しましょうか」

「それ、いいですね。募金するなら、ご祝儀は集まれば集まるほど嬉しいです」

「ＤＩＹが必要か？」

裏口から声がして振り返ると、班目が悠々と入ってきた。

「もう、班目さん。裏口から入るのはやめてください」

「今日はいいタイミングだったと思うぞ。腕がいるなら貸すぜ」

腕を曲げて力こぶを見せつける班目に久美が尋ねた。

「大工仕事の腕ですか？　パーティーに必要な道具ってなんですか？」

「今、言ってただろう。募金箱を設置するとかって。俺なら市販の箱よりかわいいものを作るぞ。それより、結婚式を挙げることに決定したのか」

久美は明るく答える。

「はい。由岐絵さんが来て相談に乗ってくれて」

「経験者の意見は心強いな。俺が手伝えることがあったらなんでも言ってくれ」

にこやかな班目を、久美が怪しんで横目で見やる。

「なにをたくらんでるんですか」

「たくらむってなんだよ。純粋なお祝いの気持ちだろうが」

それでもまだ信用できないでいる久美のことは放っておいて、班目は荘介に話しかけた。

「で、募金箱はどうする？」

「びっくり箱はいらないよ」

こちらも本心から思っているらしい。班目は両手を腰にあてて怖い顔を作ってみせた。

「きみたちは人を信じる心を養った方がいいんじゃないかね」

「人を信じる心はあるよ。班目のことはあんまり信用していないけれど」

「右に同じです」

班目は仁王像のように厳《いか》めしい表情になる。

「わかった。やってやろうじゃないか。麗しい募金箱に、ウェルカムボードもかわいらしいのを作る、案内状の文案も十数種類考えて、お勧めの引き出物のリストアップに当日の司会と余興も……」

まくしたてる班目の肩を、荘介がぽんと叩いた。

「わかったよ。でも、司会と余興はいらないんだよ。ガーデンパーティーにすることになったから」

「お、本当にプラン作りを進めてるんだな」

「引き出物もない方がいいかもしれないですね。立食パーティーで荷物が増えたら身動きがとりにくいですし」

二人が座っている側に、班目も折り畳み椅子を運んできて座り込む。

「立食パーティーなのか」

「そう。それでデザートビュッフェも出すんだ」

「荘介が作るのか。好きなお菓子を作りたい放題だな。ここぞとばかりに難しいものを並べるのか？」

「いや、店の定番のものと、オリジナル商品を中心にしようと思うんだ。けど、パーティーなら大きなお菓子も作れるんだよね。どうしようかな、迷うな」

珍しくうきうきした表情を浮かべる荘介だ。お菓子について〝迷う〟などと言ったことは一度もなかったと、久美は記憶を探ってみた。

「うん。やっぱり、ないやん」

「なにがですか」

グラスをかたづけるために立ち上がった荘介はやはり楽しそうだ。

「荘介さんが特別注文を受けたときに、どんなお菓子にしようか迷うって言うこと、なかったなあって思って」

「そんなことないですよ。いつも迷ってばかりです」

今まで作りだされてきたお菓子は、荘介がたくさんのアイディアから悩み抜いて生みだしたものだったのか。すると、荘介の頭の中には、ボツになったアイディアがごっそり残っているのだろうか。

「荘介さん、迷ったけど作らなかったお菓子って、美味しくないだろうなって思ってやめたんですか？」

「いいえ、お客様に満足していただけるものを、と考えたときに、ぴったり合うお菓子を選んでいるだけで、他のものも美味しく作れますよ」

「レシピが出来上がっているのに形にしないのはもったいないです。食べてみたいです」

その言葉を待ってましたとばかりに、荘介は両手を打ち鳴らす。

「今まで店に出したことがない世界のお菓子も作ろう。テーブルにのりきらないほど準備しよう」

「『万国菓子舗』の面目躍如《めんもくやくじょ》ですね」

久美は立ち上がると、いそいそと椅子を畳んでかたづけた。追い立てられて班目も立ち上がる。

「なんだ、もう新しいお菓子作りを始めるのか？」

「もちろんですよ、班目さん！　これからたくさん試食しなくちゃいけないんですから。時間がいくらあっても足りません」

荘介が頷いて同意する。

「作りたいものはいくらでもあるんだ。久美さん、珍しい材料も使いたいのですが、いいですか」

「もちろんです！　パーティーですよ、大盤振る舞いしましょう！」

頼もしい会計役に背中を押されて、荘介のやる気はますます燃え盛った。

＊＊＊

「大盤振る舞いしましょうとは言いましたけど、いくらなんでもこれは……」

提出された領収証を掲げて、久美が呟いた。荘介はびくびくと首をすくめてお叱りを受ける準備をしている。

「買っちゃったものはしかたないです。張り切って作っちゃってください！」

「いつもみたいに怒らないんですか？」

まだ身構えたままで荘介が尋ねると、久美はちらりと視線を上げる。

「いつも怒っていません。叱ってるだけです」

「そうでしたか」

「そうですよ。それより、なにを作るんですか？」

聞かれたことがとても嬉しいと、荘介は笑顔でレシピノートを久美に差しだす。

「うわあ、いくつ作るつもりですか！」

細かい文字で見開きページにびっしり、百を超えるお菓子の名前が書いてある。

「もちろん、全部ですよ。このお菓子たち全部、試してから数を絞りましょう。試食、よろしくお願いしますね」

「……気合を入れます」

言う割に覇気のない久美に気づかないのか、荘介はうきうきと話し続ける。

「とりあえず一日に三、四品ずつ作っていこうと思ってます。今日は韓国のファジョンと、ベトナムのチェー、イタリアのザバイオーネを作るよ」

「それぞれ、どんな感じですか？」

「ファジョンは米粉のおもち、チェーはタピオカとフルーツ入りのココナツミルク、ザバイオーネは大人のとろみプリンという感じかな」

「うむむ。それだと栄養バランス的にランチはサラダだけでいいかも」

荘介が目を丸くしてみせる。

「久美さんがランチを控えるなんて。天変地異の前触れですか」

からかわれたことは無視して、久美は真面目に答える。

「これから毎日、お菓子の試食が続くんでしょう。栄養が偏っていたら、舌が正しい判断をしてくれなくなりますから」

感激した荘介は潤んだ目で久美をじっと見つめた。壁に作り付けの戸棚からペンケースを取りだし、三色の蛍光ペンでレシピを塗り分けはじめる。考え考えラインを引く荘介の手許を覗き込みながら久美が尋ねた。

「どういう色分けですか?」

「多く含まれている栄養素によって、炭水化物、タンパク質、ビタミンの三つに色分けしています。できるだけバランスよく三品を組み合わせてみます」

「私のランチのためにですか?」

「そうです」

久美は荘介の気遣いが嬉しくて、試食に全力を傾けようとこぶしを握った。

レシピノートを閉じた荘介は、本日の三品のうちザバイオーネから作っていく。

材料は、卵黄、グラニュー糖、ノンアルコールワイン、オレンジジュース、ミントの葉。

鍋に卵黄とグラニュー糖を入れ、白っぽくなるまでよく擦り混ぜる。

少量のノンアルコールワインとオレンジジュースを少しずつ加える。

鍋を湯煎にかけて、ダマにならないように素早くかき混ぜる。

もったりしたクリーム状になったら火から下ろす。

温かいままでも冷やしても食されるザバイオーネを、今回は冷蔵庫でよく冷やし、ミントの葉を飾る。


次にファジョンを作る。

上新粉、もち粉、干しナツメ、春菊、塩、蜂蜜、それとごま油を使う。

二種類の粉を合わせ、塩を溶かした熱湯を数回に分けて注ぎながら混ぜる。まとまったら濡れ布巾をかけて室温で寝かせる。

干しナツメの種を抜き、好きな花型に切り取る。今回はチューリップのような三弁の赤い花ができた。

寝かせていた生地をいくつかの球状に分け、直径五、六センチの円盤状に潰す。

生地の真ん中を水で濡らして花型のナツメを置き、春菊の葉先を摘んで花の茎と葉に見立てて水で接着する。

ごま油を引いたフライパンで弱火で焼く。

白い面を焼きあげたらひっくり返し、花のある面に焦げ目がつかないように気をつけながら火を通す。

皿に取り、蜂蜜を添える。

最後にチェーを作る。

バナナ、ココナツミルク、タピオカ、ピーナツ、砂糖を準備する。

タピオカは水に浸けてふやかしてから、熱湯で茹で、水にさらしておく。

バナナに砂糖をまぶし、バナナから水分が出て砂糖が溶けたら、一口大にカットする。

鍋に半量のココナツミルクと、水気を切ったタピオカを入れて火にかける。

ふつふつ沸いたら、バナナを加えて煮詰める。

バナナに火が通りふっくらしたら残りのココナツミルクを注ぎ、火から下ろし冷ます。

細かく砕いて煎ったピーナツを散らして出来上がりだ。

いつも昼休みは外食派の久美だが、今日からはサラダだけと張り切ってコンビニへ出かけていった。荘介は久美が戻ったらすぐに食べられるように三種のお菓子とカトラリーをセットする。

「ただいまです」

大切そうにサラダのパックを両手で抱えて久美が帰ってきた。

「お帰りなさい。さあ、食事にしましょうか」

普段は店番のために昼休憩をずらして取るが、今日はドアベルが鳴るまで厨房で待機だ。調理台の隅に椅子を寄せて、小さな食卓を二人で囲む。サラダと荘介が持ってきていた自作サンドイッチをシェアして同じものを食べた。結婚して同じ家に住むようになれば、これが日々の食卓になるのだ。そう思った久美はつい、ぽつりと呟いた。

「まずい」

「やはりですか」

お菓子はなんでも作れるのに料理はからっきしだめな荘介はサンドイッチでさえ、とてもまずく作る。

「これはもういっそ、特技ですね」

久美の意見に荘介は肩をすくめる。

「お菓子で挽回させてください」

そう言って久美の方へ三種のお菓子をずずいと押しだす荘介の目には、いつもの自信があふれている。

「どの順番で食べるのがお勧めですか？」

「バナナのチェーでお腹をどっしり膨らませて、ファジョンの塩気で舌を引き締め、ザバイオーネで卵の余韻を残すのがいいんじゃないかな」

「わかりました。ではでは、いただきます」

ガラスの器に盛られたチェーに手を伸ばす。煮詰まって弾力を持ったココナツミルクの中からバナナとタピオカが顔を出す。トッピングのピーナツの茶色い粒が、白一色の世界に映える。

大きめのスプーンでバナナを掬う。ココナツミルクをたっぷりまとって、タピオカも数粒のってきた。ぱくりといった久美の顔がとたんに明るくなる。ゆっくりと噛んで幸せそうに飲み込んだ。

「すごいです、バナナがもちもちしてます。そこにタピオカのもちもちが来て、ココナツミルクもとろりというより、粘りがあってもちもちです。もちもち三重奏、食べ応えがあります。甘さがさらっとして、そこにピーナツの香ばしさが来て、いくらでも入っちゃいますね」

「まだ二品ありますから、お代わりはあとにしましょう」

「もちろんです」

ファジョンの皿に向きあって、じっと見つめる。

「お花がかわいいですね。赤いお花と緑の葉っぱが白いおもちの上で咲いて、たくさん並んでいるとお花畑に見えるんですね」

「花の部分は干しナツメです。漢方にも使われるものだけど、貧血予防や美容に良い栄養が詰まってる。楊貴妃《ようきひ》が好んで食べたとも言われているそうだよ」

久美が芝居がかった声を出す。

「まあ、どうしましょう。私がこれ以上きれいになってしまったら大変ですよ」

「効果を出すには一日三個が目安らしいよ」

「……とても足りませんね」

美容と冗談はさておき、ファジョンに手を伸ばす。小皿に入った蜂蜜を少しだけつけて口に運ぶ。

「塩気と甘さが相まってこれは危険です。いくらでもいけます」

「まだありますから、ほどほどで」

「はい。外さっくり、中もちもちで程良い塩気だから、お弁当にもできそうです。ナツメの優しい甘さがアクセントになって、おもちだけより食べやすいですね」

荘介もファジョンを摘まみ上げる。

「ファジョンは韓国のお菓子だけど、三月三日に食べる風習があるんだ」

「桃の節句ですね。日本のひしもちと同じ感じでしょうか」

「そうかもしれないね」

久美は少し迷いを見せたが、もう一つだけファジョンを食べて、ザバイオーネに移る。

「優しい黄色。まさに、たまご色ですね」

カクテルグラスに盛られたザバイオーネはどこか気品を感じさせる。スプーンで掬ってとろりとした触感を楽しむ。

「ゆるゆるの茶碗蒸しくらいのやわらかさなんですね。とろんとしていて優しい気持ちになれそう」

スプーンを口に入れた久美は、宣言どおり優しい笑みを浮かべた。

「卵の香りに、ほんの少しワインの香りがそっと混ざってやわらかです。それで、なんだか酸味もあります。知っているような初めてのような」

「香り付けにオレンジジュースを少し使っています。本来はマルサラ酒という、度数の強いアルコールを添加したワインを使うんだ。だけど、今回は子どもも食べることを前提にして、ワインはノンアルコールにしたよ」

久美は頷いてもう一口、舌の上でとろかして飲み込む。

「マルサラ酒はどこの国のお酒ですか」

「イタリアのお酒です。ちなみにザバイオーネはピエモンテ州の名物で、ティラミスに使われることもあります」

うん、うん、と頷きながらスプーンを口に運び、あっという間にグラスは空になった。

「夢のように儚《はかな》いお菓子ですね」

「お気に召さなかった？」

久美は微笑んで首を横に振る。

「もちろん、夢のように美味しかったです」

荘介は、ほっと息をついた。

「これで安心して次の試作に進めます」

「どんどん試食しますよ！」

元気な久美の頼もしい言葉に、荘介は深く頷いた。


お菓子の試作に力を入れつつも、結婚式の準備も同時進行で進めていく。招待状を発送したり、荘介が熱望した和装、洋装、二枚の写真を撮ったり。やることは山積みだ。

宣言したとおり、細やかに手伝う班目に二人は心から感謝した。結婚式の会場入り口に配置するウェルカムボードの完成披露に来た班目を久美が褒める。

「班目さんは、やるときはやる男ですね」

得意になることもなく、班目は平静だ。だが、軽口は叩く。

「惚れそうだろ。荘介はやめて俺にしとくか？」

「うーん。来世まで考えておきます」

荘介が久美を背に隠して、班目にきつい視線を送る。

「来世でも久美さんは僕の隣にいる予定だから」

「へえへえ。いっつもこの店は暑いな。暖房でも入ってるのか」

「この季節に暖房を入れるわけないでしょ」

「じゃあ、これはお二人さんの愛情の熱か。ああ、暑い暑い」

いつもなら班目のからかいに顔を真っ赤にして怒る久美だが、今日は感謝の念で不満の言葉が一つも出ない。

「冷房、つけましょうか？」

「久美ちゃんや、いい返しをするようになったじゃないか」

班目は満足げな様子でボードを荘介に手渡すと、バックパックを担いでドアに向かう。

「今日はお仕事はいいんですか？」

久美が尋ねると班目は振り返って真面目な顔を見せた。

「取材がないんだ、家でのんびりやるよ。二人とも忙しそうだしな」

「班目さんは、気遣いの人ですね」

「よくわかってるじゃないか、久美ちゃん。荘介に飽きたら連絡をくれ」

「来々世まで考えておきます」

荘介の不機嫌な様子を楽しんで班目は帰っていった。

＊＊＊

ガーデンパーティーの当日は、輝くばかりの快晴だ。前日までに仕上げた焼き菓子と早朝から仕込んだ生菓子を、店の軽バン、通称『バンちゃん』に満載して、二人は会場のレストランに向かった。

バンちゃんを駐車場に停めていると、店から黒いスーツに蝶ネクタイの支配人が飛びだしてきた。

「村崎様、お待ちしておりました」

「本日はよろしくお願いします」

「お荷物、さっそくお運びいたします」

そう言うと、支配人自らバンちゃんのドアを開けてお菓子が詰まった配達用の箱を抱えた。どうやら他のスタッフは出てこないらしい。荘介と久美も荷物運びに加わる。

店内に入ると厨房は活気にあふれているが、フロアはがらんとしてスタッフもいつもより少ない。その誰もが慌てた様子で準備を進めている。

「村崎様、搬入は私がいたしますので、お着替えを……」

「なにかあったんですか」

荘介がずばりと尋ねると、支配人は深々と頭を下げた。

「スタッフ二人が急遽《きゅうきょ》、出勤できなくなりまして。不手際をお詫びいたします。お式は滞りなく進められるよう準備を万端にいたしておりますので……」

「えー、大変じゃないですか。お二人はどうされたんですか？　急病とか？」

心配そうな久美に、支配人はまた深く頭を下げる。

「いえ、どうぞお気になさらないでください。本当に申し訳……」

「気になります。教えてください」

久美の断固とした態度に支配人は視線をさまよわせ迷った様子を見せたが、硬い口調で答えた。

「昨日、帰宅途中で交通事故に遭いまして、入院中です」

久美ははっとして口を閉じた。荘介には交通事故によるトラウマを乗り越えた過去がある。だが、晴れの日に事故の話を聞いて暗くなったりはしないだろうか。

そっと荘介を見上げるが、彫刻のように美しい顔からは感情が読めない。

「ケガがひどかったんですか？」

「いえ、念のための検査入院です。おめでたい日に水を差すようなことになり、本当に申し訳ありません」

支配人に対する荘介の口調は優しかった。

「大丈夫ですよ。僕たちは験《げん》を担ぐようなことはしませんので。それより、スタッフの方たちにお見舞い申し上げます」

支配人はまたかしこまって頭を下げた。荘介は久美の視線に気づいて笑顔を見せる。その笑顔を見て、もう本当に大丈夫なのだと久美は思う。もしこれから、大丈夫じゃないと思えることが起きたとしても、自分がいつも側にいよう。荘介のためにできることはなんでもしよう。決意した久美はしっかりと荘介の目を見返してその手を握った。

支配人は遠慮し続けたが、荘介と久美も揃ってお菓子の搬入作業に勤《いそ》しむ。運び込んだお菓子をケーキスタンドや皿に移す作業も三人で行った。順調に準備は進む。だがお菓子に関すること以外の手伝いはさすがにできず、二人は着替えに借りた部屋にそれぞれ移動した。久美が面倒くさがるので、一人でも簡単に着替えられるドレスを選び、花嫁の介添えやメイクスタッフも頼んでいない。

「うー……」

部屋に一人きりなこともあり、久美は好きなだけ顔をしかめたり、ドレスを手に唸《うな》ったりすることができた。

「面倒くさいなあ」

普段着を脱いでドレス用の下着をつける。ショートパンツのような形のペチコート、ウエストを締め付けるようなコルセット、胸を締め上げるビスチェ、ドレスの裾を膨らませるためのパニエ。それぞれを身につけるたびに「面倒くさい」を繰り返す。

「この下着、ごはん食べるときにきつくないかなあ」

心配の種は尽きない。

ドレスを頭からかぶり、腕を通す。さらさらの生地が肌を滑る感触が心地良い。いつもより華やかに化粧をしていると、自分が生まれ変わっていくような気持ちになる。

「ドレスも悪くないやん」

花屋の友人に作ってもらった花冠をかぶってくるりと回ってみる。鏡に映る見慣れない自分の姿が気恥ずかしくて顔が赤くなった。

そっとドアを開けて部屋を出ると、タキシード姿の荘介が廊下で待ち構えていた。久美を一目見て、満面の笑みを浮かべる。

「久美さん、きれいです」

照れた久美は下を向いてしまう。

「荘介さん、かっこいいです」

「そうでしょう。知ってます」

飄々とした返事に久美は噴きだして顔を上げた。黒のタキシードに銀のベスト、淡いブルーのネクタイ。どこから見ても立派な紳士だ。荘介が差しだした肘に手をかける久美も、お姫様然としている。肩を出すデザインでキラキラ光る真っ白なサテンのドレス。何枚もチュールレースを重ねてふんわりした裾はミモレ丈。くるぶしがしっかり見える丈で歩きやすい。

「それでは、行きましょうか」

「はい」

二人並んで歩いていくと、フロアからも厨房からもスタッフたちの拍手が贈られた。優雅にお辞儀をして二人は庭に出る。会場準備は着々と進み、もうすぐ客が入れそうな様子だ。何台もの丸テーブルが広々とした庭に点々と設えられている。

庭を囲む白い垣根に青々した蔦《つた》が絡まり、目に優しい。芝生も同じように輝くような緑だ。腰高の門の上には、季節の木バラが小さな花をつけたアーチがあり、客待ち顔をしている。その門に、『お気に召すまま』のドアから外してきたドアベルを吊り下げた。

二人はお菓子が積まれたテーブルの様子を見にいく。中央にはクランセカーケというノルウェーのお祝い菓子をどんと据えた。リング状のサクッとした生地をピラミッドのように積み上げて、アイシングで飾ったものだ。その周囲には美しく並べられたお菓子たち。それぞれのお菓子にさまざまな思い出がある。楽しかったことも、辛かったことも、未来を夢見たことも、過去を懐かしんだことも。そのどれもを、たくさんのお菓子に詰め込んできた。

「荘介さん、楽しんでもらえるといいですね」

「僕たちも楽しみましょう」

荘介は身をかがめて、久美の顔を覗き込む。

「せっかくお腹を空かせてきたんですから」

「ど、どうして朝ごはんを食べてないってわかったんですか！」

「お菓子を見る目が、鷹《たか》のように鋭くなってますよ。お腹が空いているときのいつもの久美さんですね」

言い返そうとしたが、久美のお腹は正直にぐうと鳴る。

「久美ちゃーん！」

呼ばれて振り向くと、荘介の父、陽介《ようすけ》が駐車場で両手を振っていた。そのまま駆けだし、カランカランとドアベルを鳴らして門を通り過ぎ、あっという間に久美の側に立った。

「おめでとう！　すごくきれいだね！」

「ありがとうございます！　本日はお越しいただいて、本当にありがとうございます」

「ありがとう、父さん。母さんも」

ゆったり歩いて追いついてきた逸子はブルーのドレスで爽やかに装っている。

「おめでとう、荘介、久美ちゃん。今日は美味しいものたくさん食べようと思って、お腹空かせてきたのよ」

嫁と同じ考えの姑の言葉を聞いて、荘介と久美は顔を見合わせてクスッと笑った。

次にやって来た久美の両親と挨拶を交わすと、直子は早々に逸子とお喋りを始めた。

気楽なパーティーと伝えてはいるが、本当にくだけた母親たちの姿に久美は感心しきりだ。一方、久美の父、和夫《かずお》はというと、目に涙を溜め鼻を真っ赤にして泣きだす一歩手前でなんとかこらえている。

「お父さん、そげん泣かんでも良かろうもん」

久美が慰めようとすると、和夫は久美に背を向けてしまった。荘介が和夫の背中に声をかける。

「和夫さん」

呼ばれた和夫は、くるっと振り返って大声をあげた。

「そこは、『お父さん』って呼んで、『きみにお父さんと言われる義理はない！』って返しを受けるべきところやろう！」

久美が呆れて言う。

「それは荘介さんが家に挨拶に来たときに、三回くらいやったろうもん。いい加減、ボケるのはやめとき」

「だって、だってなあ、久美。お父さんは、お父さんはあ」

ぼろぼろ泣きだした和夫にそっと近づいた陽介がハンカチを差しだす。和夫はそれきり言葉も出さず、庭の隅に何台か設置してあるベンチに座り、ハンカチに顔を埋めた。

その頃には準備も終わり、客が次々やって来る。

「いらっしゃいませ、本日はお越しいただきありがとうございます」

美野里を伴った八重が微笑みながら、門前でぺこりと頭を下げた久美をからかう。

「まあ、久美さんたら。今日もお店にいるときみたい」

「あ、そうか。えーと……」

考え込んでしまった久美に代わって荘介が挨拶を引き取る。

「本日は、どうぞ楽しんでいってくださいね」

「荘ちゃん、本当に結婚しちゃうの？」

美野里が唇を尖らせている。

「結婚しちゃった。ほら」

左手の薬指にはめた金色の指輪を見せると、美野里はむっと膨れて八重の後ろに隠れてしまった。

「あらあら、どうしたの、美野里。一生懸命、練習したでしょう」

そう言われた美野里は顔をそっと半分だけ出すと、むっとした表情のまま口を開く。

「ご結婚、おめでとうございます」

「ありがとう、美野里ちゃん！」

久美が笑いかけると美野里は完全に八重の後ろにぴたりと張り付いた。

「指輪の交換は、パーティー中にはしないのね」

「イベントみたいなことは全部しないようにしています。ですから、心置きなく食べて飲んでくださいね」

八重と美野里はレストランのスタッフからウェルカムドリンクを受け取って、庭の奥に向かった。

「久・美・ちゃん」

いつ忍びよったのか、久美の肩を突っつきながら若い女性が笑う。

「うわ！　びっくりした。碧《みどり》、いつ来たと」

「今だよ。良かった。花冠、すごく似合ってる」

碧は『お気に召すまま』の隣の花屋『花日和《はなびより》』の店員だ。久美と親しく、とても仲が良い。本日のドレスに合わせた花冠の製作者だ。

「ありがとう、すごくいい香りがして幸せな気持ちになる」

「幸せなのは荘介さんのおかげでしょう。改めまして、ご結婚おめでとうございます。さて、今日はもう一つ、プレゼントをご用意いたしました」

碧は肩越しに後ろを振り返る。

「さくらちゃん！　来てくれたんだ」

碧の後ろに隠れていたさくらが、おずおずと前に出てきた。

「私、本当に来て良かったんでしょうか」

「もちろん！　さくらちゃんは『お気に召すまま』の仲間なんだから」

『お気に召すまま』で数日間アルバイトをした経験のあるさくらを、久美は今でも同僚として扱う。さくらがお菓子を買いにくるたびに、古巣に帰ったかのように楽しげに笑ってくれるのが嬉しくてしょうがないのだ。

「あの、お祝いの募金しようと思って。募金箱ってどこですか？」

「案内するね」

久美はさくらの手を引いて、庭の真ん中に据えた小さなフラワースタンドに近づいた。

「わあ、かわいい」

募金箱は一辺が三十センチほどの立方体で、真っ白に塗られている。パステルカラーのリボンとレースで飾られて、投入口の左右には小さな羽が生えている。さいころ型の天使のようだ。

「手作りですか？」

「班目さんが作ってくれたんだよ」

「いつもお店にいるお兄さんですね。今日も来てるんですか？」

「あそこにおるよ」

庭の奥のテーブルを指差すと、さくらに気づいた班目がひらひらと手を振った。

「私、挨拶してきてもいいですか？」

「班目さんが喜ぶよ」

さくらが顔を見知った常連が集まるテーブルに歩いていくのを見守って、久美は荘介の隣に戻った。

六十名近くの招待客のうち最後にやって来たのは、藤峰と陽だ。

「おめでとう、久美、荘介さん」

「おめでとう、久美さん、荘介さん」

二人で声を合わせた挨拶に久美と荘介も揃って「ありがとうございます」と応える。

「久美、これプレゼント！　当日になっちゃってなんなんだけど、開けてくれる？」

「えー、ありがとう、藤峰。なんね、気い使わんで良かって」

遠慮するようなことを言いながらも、久美の手はさっさと動いてリボンを解き、包装紙を剝がし、蓋を開けた。

「ぎゃ！」

箱の中からスポンジ製のボールが飛びだして、久美の鼻に命中する。

「サプラーイズ！」

藤峰と陽が拍手する。荘介がなかば呆れた様子で苦笑した。

「本当に二人はサプライズが好きだね。ところで、その箱は手作り？」

「ＤＩＹ屋さんに発注しました」

木製でしっかりした造りの白い箱をぎゅっと握り締めた久美は、眦を吊り上げ、庭の奥にいる班目に突進していく。

「もう、班目さん！　びっくり箱はいらんって言うたろうもん！」

結婚式の花嫁とは思えない大声に招待客は笑いだし、賑やかにパーティーは始まった。

ビュッフェ形式の料理はどれもこれも美味しそうだ。エビのカクテル、ローストビーフのサラダ、久美がリクエストした待望の鶏の丸焼き。冷たいものから温かいものまで招待客の手は止まらない。改めて一人一人に挨拶して回りながらも久美は料理がなくならないかとひやひやして、テーブルを横目で見ていた。

やっと全員に挨拶ができてテーブルを見ると、あらかた料理はかたづいていた。

「そんなあ……！」

絶望的な悲しみに満ちた声を、荘介が面白そうに笑う。

「失敗しましたね。食べながら回れば良かった」

「お腹が減って限界です」

「しかたない、諦めよう。ほら久美さん、皆が呼んでいますよ、あちらへ行きましょう」

促されて向かったテーブルでは、班目と由岐絵の家族と梶山が談笑していた。

「お帰り、久美ちゃん。疲れてないかね」

梶山に労《ねぎら》われて、久美は弱々しい笑顔を返す。

「大丈夫です。ただ、悲しいことがありまして……」

「なんだね、どうしたんだい」

「お料理を一口も食べていないんです……」

がっくり肩を落とした久美を、由岐絵の夫、紀之が優しく慰める。

「それは大丈夫だよ。荘介くんが、きちんと手配していたから」

「手配？」

久美が隣を仰ぎ見ると、荘介はいたずらっ子のように笑っていた。その視線の先には料理が満載のトレイを抱えてやって来るスタッフの姿があった。

「あ、ごはん！」

「取り分けておいてもらったんですよ」

運ばれてきたトレイには全種類の料理が色とりどりに並び、久美を誘惑する。いつもなら荘介にからかわれると火のように怒る久美だが、今は感激して涙目だ。

「荘介さん、ありがとうございます！」

「どういたしまして。さあ、お腹いっぱい召し上がれ」

久美はフォークを握り締めてグサリと鶏肉につき刺した。

荘介も適度に料理に手を伸ばしながら、会場を見渡す。テーブルから料理がはけて、招待客はお菓子のテーブルに集まっている。今日のメインである一番大きなテーブルだ。常温で置いておける焼き菓子などはすでにセッティングしたが、冷蔵の生菓子やアイスクリームなどは、まだ出ていない。久美も気づいたようで、食事の手が止まった。

「荘介さん、私、厨房を見てきてもいいですか？」

「僕も今、そう思っていたところです」

へろへろに酔っている由岐絵が「あはは」と笑う。

「二人とも、心配性だなあ。行ってきな、行ってきな。料理は由岐絵さんが番しておいてあげるから」

「僕も守っていてあげるね、荘介」

母親の由岐絵と同じように責任感を見せる隼人《はやと》も小学生になった。大人相手にするように、荘介が肩をぽんと叩く。

「はい、よろしくお願いします」

フロアに入ると、厨房とフロアの間にあるカウンターにガラスの器に入ったコーヒーゼリーがずらりとのったトレイが二つ並んでいるが、フロアスタッフは忙しく、未だそのトレイを運ぶことができないでいるようだ。

　荘介が大股に厨房に向かう。

「こちらのトレイ、運びます」

　フロアスタッフに交ざって働いている支配人が慌てて飛んできた。

「申し訳ございません、すぐに運ばせますので」

「いえ、僕が自分で運びたいんです。このコーヒーゼリーには思い出がありまして。そんな話をしながら、皆さんに配りたいんです」

「ですが……」

　荘介に追いついた久美も言う。

「私も同じ気持ちです。私たちのお菓子を私たちの手でお出しできたら、すごく幸せです」

　支配人はまた、深く頭を下げた。

「かしこまりました。では、お菓子のトレイをお願いいたします」

「はい、任せてください！」

　二人で銀色のトレイを庭に運ぶ。お菓子のテーブルを囲んでいる人たちに声をかけ、硬いコーヒーゼリーを差しだす。クラッシュタイプでミルクはかけない。

「美野里も食べる。ちゃんとご挨拶ができたから、もう大人だもん」

トレイに向かって両手をつきだした美野里に、荘介は優しく微笑んでみせる。

「これはすごく苦いんだ。砂糖もほとんど使っていないしね」

「なんでお菓子なのに甘くないの？」

「それはね、僕のおじいさんの話なんだけど……」

美野里だけではなく、周囲にいる人たちもコーヒーゼリーにまつわる思い出話に耳を傾ける。久美はその場を離れ、次のトレイを取ってきた。

「こちらはアムリタというお菓子です。『お気に召すまま』のオリジナルです」

フルートグラスというシャンパングラスを小さくしたような器は、薄い金色のゼリーで満たされ、その中に小ぶりのいちごと白いボールが浮いている。

「アムリタというのは甘露《かんろ》とも言って、飲むと不老長寿になるという伝説があります」

一人一人にグラスを手渡しながら久美の説明は続く。

「蜂蜜とミントの香りのゼリーに浮かんでいる白いボールは、蘇《そ》という乳製品を使っています。牛乳を長時間煮詰めて作るもので体にとてもいいと言われています」

スタッフにも余裕ができたようで、次々にお菓子が運ばれてくる。アイスの天ぷら、ぜんざいと呼ばれる沖縄式のかき氷。アプフェルシュトゥルーデルというドイツのアップルパイは焼きたてにクリームをたっぷりかけて。同じく焼きたての焼きまんじゅうからは香ばしい味噌の香りが立ち上る。卵白を泡立てて茹でたメレンゲに、卵黄で作るアングレーズソースをかけた、ウ・ア・ラ・ネージュ。『ありスープ』と名付けられた梨のスープ。

荘介と久美が語るお菓子の思い出は尽きない。そんな話を聞くのが初めての招待客もいれば、自分が注文した日のことを思いだす人もいる。お菓子を注文した人たちの抱えている大切な気持ちがこの庭で甦《よみがえ》り、みんなを幸せにしてくれた。

楽しい時間はすぐに過ぎる。招待客がお菓子を堪能《たんのう》して、お腹いっぱいになった頃、パーティーの終わりを知らせるカランカランというドアベルの音がした。門が大きく開かれてベルの音がやむと、荘介が挨拶に立った。

「本日はお集まりいただきまして、本当にありがとうございました。僕たちはこれから夫婦という新しい関係になり、ともに歩んでまいります。ですが、一つ変わらないことがあります」

荘介と久美、二人並んで視線を交わす。背筋を伸ばして手をきちんと揃えて、いつものように笑みを浮かべる。

「僕たちはずっとお菓子を作り続けます」

『お気に召すまま』に客を招いたときのように頭を下げると、招待客から温かな拍手が沸いた。


二人が門前に立ち、帰っていく客の一人一人に、お土産のお菓子がどっさり入った紙袋を手渡す。みんな嬉しそうに受け取って、笑顔でバラのアーチをくぐる。今日の思い出がお土産菓子の味とともに記憶に残ってくれたら幸せだと、荘介と久美が話しあって厳選したものだ。きっと誰もが楽しんで食べてくれるだろう。

最後の客がお菓子を受け取り、ずしりとくる重さに微笑んだ。

風に揺れたドアベルのカランカランという音を聞きながら日常に戻っていくその人に、荘介と久美は呼びかける。

「『万国菓子舗　お気に召すまま』で、またのお越しをお待ちしております」

完

【特別編】双子のラプソディ

「ああ、ああ、ああ……」

斉藤和夫は震えていた。両手で口を覆い、息を潜めようとしてもどうしようもなく呻き声は漏れてくる。それは恐れや悔恨にも似た深い感情の吐露だった。クリームイエローの床、真っ白な壁。清潔で明るいこの場所には不似合いな焦燥を感じさせる表情だ。

「久美を出産したのも、この産婦人科なんですよ」

「そうなんやね。お宅に近いもんね」

直子と逸子はのんびりと待合室のソファに腰かけてお喋りをしている。

「そのときはなんというか、どこもかしこも灰色で薄暗かったんですけど。院長先生が代替わりして、建て替えられたんですよ」

「ああ、ああ、ああ……」

「施設もすごくいいみたいやね。マタニティ教室専用の部屋を覗いてみたっちゃけど、床がふかふかしていて」

お喋りしながらも、二人の女性はちらちらと和夫の姿をうかがっている。

「ああ、ああ、ああ……」

「ちょっと、お父さん」

壁に額を付けて立ちつくしている和夫に、直子がため息交じりに呼びかけた。

「うるさいし、はた迷惑じゃないですか。座って静かにしていてください」

和夫は聞いているのかいないのか、「ああ……」と唸る。

「お父さんってば」

和夫は恨みがましい表情でぐるりと首を回して、直子の方に顔を向ける。

「なんで落ち着いとられるんか。久美が大変なときに。ああ、どうしよう」

「分娩《ぶんべん》には荘介さんが立ち会うんだから、大丈夫よ」

「なにが大丈夫なもんか。側にいたって男はなにもできやせん」

直子は満面に笑みを湛《たた》える。

「そうですね。お父さんは側にもいてくれなかったですもんね。なーんにもしてくれなかったですよね」

和夫は肩をびくっと揺らす。

「それは、だって、あのー」

「私は立ち会ってほしいって何度も言ったのになー」

「だって、そのー」

困りきって視線が定まらない和夫に、逸子が助け船を出そうと口を挟む。

「立ち会って倒れちゃうよりはずっと良かったっちゃないかな。男性で失神する方、結構おるらしいから」

「ああ、それはお父さん、確実に倒れてましたね。血がだめですもの」

「それで斉藤さんは立ち会いから逃げてたと」

「いや、そんなわけでは……」

女性二人に追及されて和夫はしどろもどろになった。そっと視線をそらし、二人と少し距離を取って隣のソファの端っこに腰かける。

お喋りに戻ろうと口を開きかけた逸子が「あら、また」と言ってバッグからスマホを取りだして画面を確かめた。

「また夫からや。少し外に出ます」

直子がクスリと笑う。

「村崎さんも心配性ですね」

「本当に。うちの夫、警察官なんていう職についとるのに肝が据わっとらんけん。あんなのでちゃんと仕事できとるのか、こっちが心配せないけん」

ぺこっと小さく頭を下げて、逸子は通話するために病院の外に出ていった。

「どこの父親もこんな感じなのかしら」

小さな声で呟いたのだが、和夫は直子の声をしっかり聞いている。

「あたり前やろう。娘が大変で、大変な、その、大変だから」

「はいはい。お父さん、お腹空きません？」

和夫は目を剝いて大きな声を出す。

「お腹!?　今それどころやないやろう！　なんね、直子はこんなときに腹を空かせとうとか！」

「そりゃ、お腹も空きますよ。もう午後二時ですよ」

「久美なんか三時間もがんばっとるんやぞ！　痛みに耐えて、ああ、ああ」

「そうだ、久美のアイスを買うのを忘れてたわ。売店に行ってきますね」

ひょいっと立ち上がって自分の前を横切ろうとする直子の手をつかんで、和夫はぎゅうっと握り締める。

「どうして忘れるとや、なんで今なと、俺を一人にするとか？」

「うっかりして忘れました。久美が部屋に戻るまでに買っておかないといけないから今です。お父さんは大人なんだから一人で大丈夫でしょう」

「大丈夫じゃなかあ」

　弱音を吐く和夫を面倒くさそうに見下ろして、直子はため息をついた。電話が終わったらしい逸子が戻ってきて直子の隣に立つ。

「あらら」

　直子に縋りついている和夫を見て思わず漏れた逸子の呆れたような声に、直子の困り顔が笑みに変わった。

「もう、困ったものです」

「村崎さん、斉藤さん」

　分娩室がある別棟に続く扉から出てきた小柄な女性の看護師に名前を呼ばれた。

「おめでとうございます、生まれましたよ」

　和夫が弾かれたように立ち上がる。

「ほ、本当に、ぶ、無事で」

「男の子と女の子、元気な双子ちゃんです。お母さんも元気で、お腹が空いたっておっしゃっているくらいです」

　直子は和夫の手を振り払う。

「ほら、すぐに買いにいかないといけないんです。村崎さん、私、売店に行ってきます」

「あ、私は主人に電話してきます」

母二人と看護師が去ってしまっても、和夫は茫然と立ちつくすだけだ。

「……生まれた。孫が……」

孫が、孫がと呟き続けているうちに、アイスクリームをどさっと抱えた直子が戻ってきて和夫の前を通り過ぎ、久美が入院している部屋に向かっていく。その後ろ姿を見送った和夫は、はっと廊下の先を見やった。

「新生児室！」

院内地図で新生児室の位置を確認して、別棟へ駆けていこうとガラス扉に突進したが施錠されており、頭をぶつけただけでドアは開かない。

「おーい、開けてくれー！　誰かー！」

叫ぶ和夫の声は廊下に響き渡り、病院のスタッフが顔を出した。

「どうされました？」

「新生児室に、新生児室に行かなければ。今、孫が生まれたんです！」

「そうなんですね、おめでとうございます。ですけども、お孫さんはまだ新生児室には移らないと思いますよ」

「えっ、なんで」

スタッフは和夫を落ち着かせようというように、にこやかに説明する。

「産後すぐは、お母さんと一緒に分娩室で産後のケアを受けるんですよ」

「じゃ、じゃあ、いつ会えますか」

「準備が整ったら呼びにまいりますから、おかけになってお待ちください」

スタッフと入れ違いで戻ってきた直子は、不機嫌を隠さず和夫の前に仁王立ちになる。

「お父さん、恥ずかしいから騒がないでください」

有無を言わさないという強さで和夫の腕を握ってソファに向かう。大人しくついていく和夫は喜びを隠しきれず、にんまりと笑っていた。


待つこと一時間。荘介の父親、陽介も仕事を切り上げて駆けつけた。陽介も和夫同様、目がどこにあるかわからないほど細めて笑っている。

「楽しみですねえ」

陽介の言葉に和夫は何度も頷く。これには母親たちも同意して笑顔を見せた。

「双子ですよ。一度に孫が二人もなんて夢のようじゃなかか。二人も赤ん坊がいたら、どうやって抱っこしたらいいとやろうか」

和夫の悩みに同調して陽介が腕組みして考え込む。

「片手に一人ずつですかね」

「ああ、待ち遠しいなあ。早く会いたい……」

「村崎さん、斉藤さん、お待たせしました。新生児室へご案内します」

別棟へのドアが開いた。その先にまぶしい光が見えているかのように、和夫はぱちぱちと瞬きを繰り返す。

招かれるままに逸子と直子がドアを抜けていく。和夫は膝が震えているのを自覚した。陽介もドアの向こうに行ってしまった。早くあとを追いたいのに、足が動いてくれない。

ドアを開けてくれている看護師が笑顔で和夫を呼ぶ。

「赤ちゃん、二人とも、とってもかわいいですよ」

思わず和夫は駆けだし、看護師の側を猛スピードで駆け抜けた。

「院内で走らないでください！」

制止の声も耳に入らない。陽介と母親たち二人を追い抜き、最後のドアを勢いよく開けた。廊下と新生児室を区切る大きなガラス窓にぶつかるようにして立ち止まる。

窓のすぐ側、隣りあうベビーベッドに寝かされた双子を一目見て、和夫の目に涙が浮かんだ。

「かわいいなあ」

追いついてきた三人も立ち止まって赤ん坊を見つめる。四人の表情は和らぎ、慈愛という言葉を体現していた。

「ちゃんと久美と荘介くん、それぞれに似とるなあ」

和夫が鼻声で言うと、逸子が男児の方を指差す。

「こちらの子が久美さん似やねえ」

「本当。久美が赤ちゃんの頃とそっくりよ」

直子の言葉に和夫も頷く。もう一方の赤ん坊は元気に泣いていた。直子はその子を見つめる。

「女の子は荘介さんにそっくり。赤ちゃんなのに美人ですよ」

陽介は感極まって言葉もない。和夫が鼻水をすすりながら袖で涙を拭く。

「この子たちはこれから、二人で生きていくとやなあ」

「お父さん、それは結婚する人に言うセリフでしょう」

頷いてはいるが、聞こえてはいないのかもしれない。和夫は赤ん坊たちから目を離せないでいる。

「陽介さん、ほら。見て、このお手て」

逸子がガラスをつんつん突いて指差す。ぎゅっと握った手は、これから人生という名の山を高くまで登るのだという強い意志をはっきり感じさせる。

「生まれてきてくれて、ありがとう」

和夫が呟くと、直子がまた水を差す。

「それは両親が言うセリフでしょう」

「いいやんか。どげんに言葉をつくしても、この子たちの愛らしさは言い表せないんやから。いらんセリフもどんどん使っていかな、間に合わん」

それには直子も同意見なようで、口を挟むことはなかった。

「早く大きくなって、おじいちゃんって呼んでほしか」

「私の方を先に、おじいちゃんと呼んでくれたら嬉しいなあ」

和夫と陽介の願望を聞いて、逸子がふんっと鼻で笑う。

「先におばあちゃんって言うわよ、きっと。あ行が一番、発声しやすいとやけん」

直子も同意見らしく、おばあちゃんと先に呼ぶ説を推す。

「どっちのおばあちゃんを先に呼んでくれるかしら」

「賭ける？　直子さん」

「今度は負ける気がしないわ」

和夫は直子の腕を取り、引っ張った。

「直子、賭けなんて不謹慎たい！　二人はいつもそんなことをしとっとか」

「私も一口のろうかな。最初に、私をおじいちゃんと言ってくれるに一票」

しれっと言う陽介に置いてけぼりにされて和夫が慌てる。

「ズルかですよ、村崎さん。それならこっちも……」

つかつかと靴音がしたと思うと「院内ではお静かに！」と看護師に叱られた。にらんでいる看護師に口許を押さえて黙るそぶりを見せてから、四人はそっと窓に目を戻した。

双子は騒ぎに驚くこともなく、安らかに眠っている。

「肝が据わっとうばい。久美にそっくりたい」

「一度眠ったら起きないところは荘介に似ているのかもしれませんねえ」

おじいちゃんたちに同意するように、おばあちゃんたちは微笑む。家族が増え、喜びが増え、賑やかになる。代々の命をつないで、ここに新しい命が生まれ、未来を目指して育っていくのだ。

「生まれてきてくれて、ありがとう」

その言葉が聞こえたかのように、双子は同時に手を上げた。

あとがき

『万国菓子舗　お気に召すまま』の十冊目の本になります。

荘介たちはいつもどおり、でもまったく変わっていきます。

長く続いた彼らのお菓子作りをご紹介するのも、これで最後になりました。

『万国菓子舗　お気に召すまま』に足を運んでくださり、本当にありがとうございました。

いくつかお菓子をご用意しましたが、お気に召すものはありましたでしょうか。


先代、村崎航介が始めた店を、荘介が継ぎ、久美が助けて『お気に召すまま』は順調に続いていています。来店する様々なお客様と出会い、少しずつ少しずつ成長しながら。


今回、作中に出てきたお菓子たち、『お気に召すまま』最初のオリジナル菓子・アムリタ、久美がリクエストして作ったアイスクリームの天ぷらなど懐かしいものから、まだお店に出していない世界のお菓子まで、荘介の創作意欲は止まりません。

荘介のレシピノートはいったい何冊になったことか。店の裏口を出てすぐの倉庫に並んでいますが、片付けが苦手な荘介が整頓していないために書棚に辿りつくのは至難の業。なかなかお目にかかることはありません。

でも、そのレシピはすべて荘介の頭の中に、久美の舌の上に、いつでも思い起こされるのです。気になるお菓子がございましたら、ぜひご注文下さい。

日常の中のほんの少しの特別になりたい、そう思ってここまでやってきた『万国菓子舗　お気に召すまま』。

荘介と久美のゴールであり、出発点です。これからも彼らは変わらずお菓子を作り続けます。

泣きたいときも、怒っているときも、美味しいものを食べれば少しだけ元気になれる。そんなお菓子を作るお店がここにあります。よかったら、覚えていてください。

いつでも、いつまでも、あなたのまたのご来店を心よりお待ちしております。

二〇二一年十一月　溝口智子

この物語はフィクションです。
実在の人物、団体等とは一切関係がありません。
本作は、書き下ろしです。

■参考文献
『世界の祝祭日とお菓子』編集　高野麻結子（プチグラパブリッシング）
『お菓子の基本大図鑑　ガトー・マルシェ』監修　大阪あべの辻製菓専門学校（講談社）
『どんな国？　どんな味？　世界のお菓子〈1〉アジアのお菓子1』服部幸應、服部津貴子（岩崎書店）
『どんな国？　どんな味？　世界のお菓子〈2〉アジアのお菓子2』服部幸應、服部津貴子（岩崎書店）

溝口智子先生へのファンレターの宛先

〒101-0003　東京都千代田区一ツ橋2-6-3　一ツ橋ビル2F
マイナビ出版　ファン文庫編集部
「溝口智子先生」係

ファン文庫

万国菓子舗　お気に召すまま

婚約のお菓子と最後のガーデンパーティー

2021年11月20日　初版第1刷発行

著　者　溝口智子
発行者　滝口直樹
編集　山田香織（株式会社マイナビ出版）　鈴木希
発行所　株式会社マイナビ出版
〒101-0003　東京都千代田区一ツ橋2丁目6番3号　一ツ橋ビル2F
TEL 0480-38-6872（注文専用ダイヤル）
TEL 03-3556-2731（販売部）
TEL 03-3556-2735（編集部）
URL https://book.mynavi.jp/

イラスト　げみ
装　幀　徳重甫＋ベイブリッジ・スタジオ
フォーマット　ベイブリッジ・スタジオ
DTP　富宗治
校　正　株式会社鷗来堂
印刷・製本　中央精版印刷株式会社

 ISBN978-4-8399-7767-2
Printed in Japan

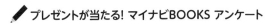

Fan
ファン文庫

万国菓子舗　お気に召すまま

幼き日の鯛焼きと神様のお菓子

著者／溝口智子
イラスト／げみ

当店では、思い出の味も再現します。
大人気の菓子店シリーズ第７弾！

ぶらりと立ち寄った蚤の市で高額な一丁焼きの鯛焼き器を手に入れた荘介。それを知った久美から「経費節減！」と叱られる。しかしその金型には、思い出がたくさん詰まっていた。

ファン文庫

万国菓子舗　お気に召すまま
真珠の指輪とお菓子なたこ焼き

著者／溝口智子
イラスト／げみ

愛の形は人それぞれ……。
大人気シリーズ、ますます美味しい第9弾！

クリスマスも間近に迫った日。どんなお菓子でも作るという荘介の噂を聞きつけて少年がやってくる。どうやら彼は絵本に登場する「不思議なお菓子」を作ってほしいようで…？

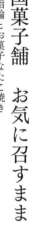

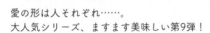